CH. BOURET
SIEMPRE MAS
M. Deville sc

DICTIONNAIRE
DE LA
LANGUE VERTE
TYPOGRAPHIQUE

PRÉCÉDÉ D'UNE

MONOGRAPHIE DES TYPOGRAPHES

ET SUIVI DE

Chants dus à la Muse typographique

PAR

EUGÈNE BOUTMY

Correcteur d'Imprimerie

Ridendo...

SCIENTIA DUCE

IL

PARIS

ISIDORE LISEUX, ÉDITEUR

2, rue Bonaparte, 2

1878

DICTIONNAIRE

DE LA

LANGUE VERTE

TYPOGRAPHIQUE

Tiré à cinq cents exemplaires

Paris. — Imp. Vᵉ P. Larousse et Cᵉ, rue Montparnasse, 19.

DICTIONNAIRE

DE LA

LANGUE VERTE

TYPOGRAPHIQUE

PRÉCÉDÉ D'UNE

MONOGRAPHIE DES TYPOGRAPHES

ET SUIVI DE

Chants dus à la Muse typographique

PAR

EUGÈNE BOUTMY

Correcteur d'Imprimerie

Ridendo...

SCIENTIA DUCE

PARIS

ISIDORE LISEUX, ÉDITEUR

2, rue Bonaparte, 2

1878

Il y a vingt-quatre ans environ, j'entrais dans la famille typographique ; je venais de quitter sans regret le monde universitaire. A mesure que je me mêlai davantage à la vie de l'atelier, je m'y intéressai et finis par m'y attacher exclusivement. Ma profession me plaisait ; le milieu m'était sympathique ; je me fis vite aux mœurs et aux usages de cette existence nouvelle. Je me plus à noter les principaux linéaments des types si divers et si prime-sautiers qui passaient devant mes yeux.

Des loisirs forcés me donnèrent l'occasion de réaliser le projet, conçu antérieurement, d'écrire la monographie des Typographes *à un point de vue purement pittoresque et fantaisiste, en la dégageant de l'élément technique.*

C'est le fruit de ces loisirs que je viens offrir au public et aux typographes.

J'aime à croire qu'ils prendront plaisir à lire cette modeste Étude, que complète et éclaire un Dictionnaire de la langue verte typographique, *partie essentiellement neuve de mon travail.*

Sous le titre de la Muse typographique, *j'ai réuni à la fin de cet opuscule quelques chansons dues à des poètes typographes.*

Paris, le 1er juillet 1878.

LES TYPOGRAPHES

C'est à un point de vue purement pittoresque et fantaisiste que nous nous proposons de considérer ici les *typographes* (1), laissant de côté ce qui est exclusivement professionnel et technique.

Il est presque inutile de le dire, les fils de Gutenberg constituent une espèce complètement moderne, sans analogue dans les temps anciens : ni les *librarii* de Rome, qui transcrivaient les livres ; ni les *notarii*, qui recueillaient les discours et les plaidoyers prononcés devant le peuple assemblé ; ni les scribes, ni les copistes, ni les enlumineurs de missels du moyen âge, ne sont comparables ou assimilables aux typographes de nos jours.

Il est donc tout d'abord indispensable de définir exactement ce qu'il faut entendre par le mot *typo-*

(1) Les types que nous avons observés et essayé de faire connaître dans cette Étude sont ceux des typographes parisiens; mais le typographe parisien se confond avec le typographe français, car, sur dix compositeurs, il en est à peine deux qui soient nés et aient été élevés à Paris.

graphe. Pour le vulgaire, pour les gens du monde, d'après le Dictionnaire de l'Académie même, un *typographe* est « celui qui sait, qui exerce l'art de l'imprimerie, et, plus spécialement, tous les arts qui concourent à l'imprimerie ; » mais, pour les initiés, pour ceux qui sont de la *boîte*, comme on dit, pour les *enfants de la balle*, ce mot n'a plus la même extension. Ne sont pas typographes tous les ouvriers employés dans une imprimerie : celui seul qui lève la lettre, celui qui met en pages, qui impose, qui exécute les corrections, en un mot qui manipule le caractère, est un typographe ; les autres sont les imprimeurs ou pressiers, les conducteurs de machines, les margeurs, les receveurs, les clicheurs, etc. Le correcteur lui-même n'est typographe que s'il sait composer, et cela est si vrai que la Société typographique ne l'admet dans son sein que comme compositeur, et non en qualité de correcteur.

Voici ce que dit sur ce sujet M. Jules Ladimir, dans une étude remplie de verve et d'esprit, écrite il y a quelque vingt ans : « Il y a des ignorants qui confondent le compositeur avec l'imprimeur. Gardez-vous-en bien ! cela est erroné et peu charitable. L'imprimeur proprement dit, le *pressier*, est un être brut, grossier, un *ours*, ainsi que le nomment (ou plutôt le nommaient) les compositeurs. Entre les deux espèces, la démarcation est vive et tranchée, quoiqu'elles habitent ensemble cette sorte de ruche ou de polypier qui porte le nom d'*imprimerie*. La blouse et le bonnet de papier ont souvent ensemble maille à partir; et pourtant ils ne peuvent exister l'un sans l'autre : le compositeur est la cause, l'imprimeur est l'effet. La blouse professe un mépris injurieux pour ce collaborateur obligé qu'elle foule sous ses pieds ; car les imprimeurs, avec leurs lourdes presses, sont relégués à l'étage inférieur. Mais le bonnet de papier, dont les gains sont souvent plus forts et plus réguliers que ceux de son antagoniste, s'en venge en lui appliquant l'épithète de *singe*, soit à cause des gestes drolatiques que fait en besognant le compositeur, soit parce que son occupation consiste à reproduire l'œuvre d'autrui. »

Dans le passage que nous venons de citer le typographe est parfaitement défini ; mais ce qui regarde le pressier a cessé d'être vrai : le pressier, en effet, a presque disparu partout ; il a été remplacé par le conducteur de machines, lequel n'est, en général, que très peu supérieur à son devancier. Ses gains se sont accrus ; mais sa culture intellectuelle n'a pas suivi une marche ascendante analogue. Mieux rétribué que le typographe proprement dit, nous devons cependant reconnaître qu'il lui est encore inférieur sous le rapport des idées et des aspirations. Nous avons rencontré, toutefois, des individualités remarquables à tous égards et qui deviennent de jour en jour plus nombreuses.

Au point de vue de la hiérarchie, les typographes

1.

peuvent être rangés sous trois catégories : le *prote*, le *metteur en pages* et le *paquetier*; mais ces distinctions sont, à vrai dire, à peu près fictives : un prote peut perdre son emploi et redevenir metteur en pages ou chef de conscience. Il n'est pas rare de voir un metteur en pages reprendre la casse et lever la lettre comme à ses débuts. Nous avons connu un ancien metteur du *Moniteur universel* que le décret de M. Rouher a atteint en retirant à ce journal sa qualité officielle, et qui, plus tard, *pompait* les *petits clous* à la *pige* comme les camarades, côte à côte avec ses anciens paquetiers : il était redescendu au rang de simple *plâtre*, après avoir durant des années émargé les appointements d'un préfet.

L'importance des fonctions de *prote* et le rôle prépondérant qu'il joue dans l'atelier typographique nous engagent à écrire tout d'abord la monographie de ce personnage.

Dans les premiers siècles de l'imprimerie, les fonctions de maître imprimeur, de prote et de correcteur, remplies aujourd'hui par trois personnes différentes, étaient exercées par le même individu. C'était d'ordinaire un savant de premier ordre, connaissant l'hébreu, le grec, le latin et quelques langues vivantes, les sciences, et, de plus, fort expert dans l'art typographique. Il nous suffira de citer quelques noms de maîtres imprimeurs qui furent en même temps protes et correcteurs : Nicolas Janson, graveur à la Monnaie de

Tours, envoyé à Mayence par Charles VII pour étudier le nouvel art, et qui plus tard s'établit à Venise ; Alde Manuce, à Venise ; les Junte, à Florence ; Guillaume Le Roy, à Lyon ; les Plantin, à Anvers ; les Caxton, en Angleterre ; Conrad Bade, à Genève ; les Elzevier, à Leyde ; Simon Vostre, Antoine Verard, Simon de Collinée, les Estienne, le malheureux Dolet, les Didot, en France. Aussi ne se lasse-t-on pas d'admirer les ouvrages si purs, si corrects, exécutés avec tant de soin, sortis des mains de ces artistes célèbres. A cette grande époque, que l'on peut appeler l'âge d'or de la typographie, le prote méritait réellement son nom : il était bien le *premier* en savoir et en science ; c'était bien lui la cheville ouvrière de l'atelier, et tous les compositeurs qui l'entouraient, eux-mêmes lettrés pour la plupart, reconnaissaient sans conteste sa suprématie en même temps que son autorité. Le public de nos jours a, jusqu'à un certain point, conservé au prote cette haute estime, et il confond presque toujours ses attributions avec celles, pourtant distinctes, du correcteur. L'Académie elle-même a commis cette confusion ; car, après avoir défini le prote « celui qui, sous les ordres de l'imprimeur, est chargé de diriger et de conduire tous les travaux, de maintenir l'ordre dans l'établissement et de payer les ouvriers, » elle ajoute : « Il se dit aussi de ceux qui lisent et corrigent les épreuves. » N'en déplaise à la docte compagnie, si la première partie de sa définition est exacte, nous récusons complètement la seconde, qui est fausse.

A mesure que l'art déclina pour faire place au métier, à mesure que l'imprimerie descendit au rang des industries, les fonctions se divisèrent : le maître imprimeur passa à l'état de patron, c'est-à-dire de fabricant de livres ; le correcteur devint ce que nous dirons plus loin ; le prote se transforma en ce qu'il est aujourd'hui : un ouvrier actif et intelligent, choisi par le patron pour diriger le travail des compositeurs, ses anciens confrères. « Le *prote*, dit Momoro, c'est le chef ou directeur d'une imprimerie. La personne qui remplit cette place est supposée avoir des talents au-dessus du commun des ouvriers. Dans les premiers temps de l'imprimerie, des gens savants n'ont point dédaigné cet emploi. Aujourd'hui, on choisit parmi les compositeurs ceux qui réunissent les talents les plus propres à remplir cette place. *Prote* vient du grec πρῶτος, premier. Je dirai, ajoute Momoro, qu'un prote est *primus inter pares*, le premier parmi ses égaux. » Voici de quelle manière M. Audouin de Géronval, dans son *Manuel de l'Imprimeur*, détermine, de son côté, le rôle du prote : « Le *prote* est celui sur lequel roulent tous les détails d'une imprimerie. Il est chargé de veiller sur les compositeurs et sur les imprimeurs ; il doit connaître parfaitement le degré d'habileté des uns et des autres. En ce qui concerne la composition, le prote doit avoir quelques notions des langues grecque et latine (ces notions font ordinairement défaut), posséder à fond l'orthographe française et la ponctuation, connaître et savoir exécuter tous les genres de composition. Quant à l'impression, il doit avoir assez d'habileté pour diriger le travail des ouvriers à la presse dans toutes ses parties. » Pour ce qui est des qualités suivantes, requises, suivant Audouin de Géronval, pour faire un bon prote, elles se rencontrent rarement chez ceux qui aujourd'hui exercent ces fonctions, et l'on voit aisément que l'auteur du *Manuel de l'Imprimeur* confond ici le prote avec le correcteur. Il dit, en effet : « Le prote ne saurait avoir des connaissances trop étendues dans les lettres, les sciences et les arts, car il est souvent consulté par les auteurs et quelquefois même devient leur arbitre. Comme il est, en quelque sorte, responsable des fautes qui peuvent se glisser dans une édition, il faudrait qu'il connût, autant qu'il est possible, les termes usités et qu'il pût savoir à quelle science, à quel art et à quelle matière ils appartiennent. Il n'arrive que trop souvent qu'un auteur, pour se justifier de ses propres fautes, les rejette sur son imprimeur. En un mot, on exige du prote qu'il joigne le savoir d'un grammairien à l'intelligence nécessaire pour exécuter toutes les opérations de la partie manuelle de son art. » Le prote doit encore veiller à ce que le bon ordre et la décence règnent dans les ateliers, à ce que les casseaux soient bien tenus, que les fonctions de la *conscience* soient remplies avec activité, que les épreuves ne subissent jamais le moindre retard, etc. Le prote doit assister le chef de l'établissement dans le payement des ouvriers et servir d'arbitre dans les discussions qui peuvent s'élever. Il peut encore être chargé de la corres pondance de l'imprimerie avec les personnes qui y ont des relations. Il expédie les épreuves et doit toujours pouvoir rendre compte exactement de la situation de chaque ouvrage. Tous les ouvriers d'une imprimerie se trouvant placés dans une dépendance réciproque, le prote doit veiller à ce que toutes les pièces de ce rouage agissent simultanément ; car, si l'une d'elles devenait stationnaire, les travaux seraient arrêtés. Il admet dans les ateliers les ouvriers qu'il en juge dignes et remplace ceux qui sont nuisibles ou inutiles à l'établissement.

Le prote peut se faire suppléer partiellement par des *sous-protes*, qui en réfèrent à ses décisions. « Les devoirs d'un *sous-prote* de composition sont de veiller à ce que les compositeurs reçoivent et rendent à propos la distribution, à la formation des garnitures, au rangement des cadrats, des interlignes et lingots et de tous les autres accessoires, au réassortiment des caractères, à la composition des pâtés, etc. Un sous-prote de presses est chargé d'inspecter fréquemment le travail des imprimeurs, d'empêcher le gaspillage du papier, des étoffes ou de l'encre, de veiller à l'entretien des presses et de suivre dans tous ses détails cette partie importante de la typographie. Les sous-protes sont responsables à l'égard du prote de l'exécution des travaux dont celui-ci leur transmet la surveillance spéciale, comme il l'est lui-même envers le chef de l'imprimerie. Ces deux sortes d'emplois, qui ne s'accordent généralement qu'à des personnes éprouvées sous le rapport du caractère et du savoir, demandent, en outre, de la part de celles qui y arrivent, du sang-froid et de l'activité. » (Henri Fournier, *Traité de la typographie.*)

Dans un *Discours*, prononcé le 6 avril 1856 à la Société fraternelle des protes des imprimeries typographiques de Paris, M. Alkan aîné s'exprimait en ces termes : « Pour devenir le *premier*, πρῶτος, d'une imprimerie typographique, y tenir le premier rang, il faut posséder des connaissances variées ; il faut pouvoir être la doublure du patron, son *alter ego*, cet autre lui-même, pour me servir de l'expression de M. Ambroise Didot, le digne émule des Estienne, notre maître à tous... ; il faut être *typographe* quand le patron ne l'est pas ou ne peut l'être ; il faut avoir du goût pour ceux qui n'en ont pas ; il faut être correcteur quand celui-ci vient à manquer, à faire défaut ; il faut avoir l'*œil typographique* et saisir au vol ces fautes bizarres, singulières, qui échappent souvent à l'œil exercé, mais fatigué, du correcteur, et qui font le désespoir de l'auteur et la risée du public lettré. Il faut que le prote sache aussi la tenue des livres quand son patron ne veut pas initier un étranger à ses affaires, ou lorsqu'il est obligé, par économie, de se passer d'un commis. » Un tel prote, même réduit à ces modestes proportions, est encore, nous devons le dire, le *rara avis*. C'est ce que fera comprendre le passage suivant, emprunté à l'*Encyclopédie* Roret, et dans lequel un prote, qui a gravi et redescendu successivement les échelons de l'échelle typographique, exhale ses plaintes et retrace l'instabilité de la situation : « Le *prote* est l'esclave de la besogne ; à quelque heure que sa présence soit réclamée par l'urgence des travaux, s'il ne se conforme pas à ce besoin, son devoir n'est pas rempli complètement ; il est même telles circonstances où sa discrétion obligée l'expose à être comme une enclume sur laquelle frappent tour à tour et souvent à la fois auteurs, libraires, ouvriers, etc. La proterie offre un emploi fort ingrat d'ailleurs sous le rapport de son instabilité. Chargé pendant quelques années de surveiller un personnel parfois nombreux, de coopérer forcément à la réduction d'un prix, ou seulement d'empêcher sa hausse, de s'opposer aux abus ou de les réprimer, de *débaucher* plus ou moins de personnes pour absences trop fréquentes ou pour de mauvais travaux, il peut arriver qu'un prote rentre tout à coup dans les rangs des ouvriers ; il y retrouve ces gens froissés, dont le ressentiment se manifeste en reproches directs ou indirects, mais fondés sur des griefs que l'*on* suppose dénués de justesse. Cette considération et d'autres analogues n'échappent pas à tous les protes et peuvent les déterminer plus d'une fois à modifier la rigueur de leurs devoirs ; tout le monde ne se croit pas obligé de suivre la devise : « Fais ce que » dois, advienne que pourra. » D'ailleurs, sacrifier la tranquillité d'un long avenir par des rigueurs actuelles dont on n'est que l'agent et qui tiennent à un temps limité par la rétribution n'est peut-être pas absolument de devoir étroit. De là une certaine tiédeur, plus que cela peut-être, à laquelle la stabilité parerait convenablement : on peut facilement déduire cette conséquence, quand on remarque que les protes qui remplissent le mieux leurs devoirs sont ceux dont la position est la plus stable. »

L'auteur de *Typographes et gens de lettres* reconnaît dans le genre *prote* deux variétés : le *prote à tablier* et le *prote à manchettes*. Le prote à tablier se trouve généralement dans les imprimeries que le patron dirige lui-même. C'est ordinairement un ouvrier intelligent et laborieux, vieilli dans la maison et sous le harnais, que le patron appelle à ce poste afin qu'il soit occupé à l'instar des rois fainéants. Le prote à tablier ne peut s'accoutumer aux grandeurs, et il ne cesse de vaquer à ses anciennes occupations, ce qui lui est d'autant plus facile que, grâce au patron, les soucis de sa nouvelle dignité ne l'occupent guère. En revanche, son autorité est à peu près nulle, et il a d'ordinaire le bon esprit de ne pas s'en prévaloir, certain qu'il est que ses anciens camarades ne manqueraient pas de la contester... Le prote à tablier peut avec assez de justesse être comparé à l'adjudant d'un régiment. N'ayant rien à faire, il tient cependant à faire ressortir son utilité et son importance ; mais il rencontre partout et toujours cette résistance inerte et tacite de gens qui, niant son autorité, ne reconnaissent que celle du patron. Au demeurant le meilleur homme du monde, il sait conserver l'amitié de ses anciens camarades.

Le *prote à manchettes* est le vrai prote. C'est lui que nous avons eu en vue dans le cours de cette monographie.

On le voit, pour n'être plus les émules des Alde, des Elzevier, des Robert Estienne et de tant d'autres, les protes d'aujourd'hui ont encore un champ assez vaste à parcourir, et plusieurs d'entre eux le font avec honneur. Nous citerons, entre autres : M. Brun, ancien prote de l'imprimerie de Jules Didot, qui a donné en 1825 un *Manuel pratique et abrégé de la typographie française* ; M. Henri Fournier, prote directeur de l'imprimerie la plus vaste et la plus considérable, non seulement de France, mais encore de toute l'Europe, celle de Mame frères et Cie de Tours, qui a publié un excellent *Traité de la typographie*, dont la troisième édition (Tours, Alfred Mame et fils, 1870) est la plus complète; M. Frey, qui a donné à l'*Encyclopédie* Roret un très bon *Manuel de typographie* ;

M. Théotiste Lefèvre, fondateur prote de la succursale de MM. Didot, auquel les compositeurs sont redevables du *Guide pratique du compositeur d'imprimerie*, un véritable chef-d'œuvre ; M. Monpied, qui a reproduit en filets typographiques, avec autant de patience que de talent, l'*Enlèvement de Pandore*, d'après Flaxman, l'*Amour et Psyché*, d'après Canova. Avant ces typographes émérites, nous eussions dû peut-être rappeler le nom de Momoro, qui, les précédant dans la carrière, a écrit un curieux *Traité élémentaire de l'imprimerie* ou le *Manuel de l'imprimeur*, avec 40 planches en taille-douce (Paris, 1793). Momoro fut envoyé comme commissaire national à Niort ; il s'intitulait *premier imprimeur de la liberté nationale*, et il mourut sur l'échafaud en mars 1794.

A côté de ces noms justement respectés, nous pourrions en citer d'autres que nous aimons mieux passer sous silence. Pourtant, on nous permettra d'ajouter quelques traits qui achèveront de faire connaître le type que nous nous sommes proposé d'esquisser. Quelques ombres sont nécessaires dans un tableau pour mieux faire valoir les parties éclairées ; d'ailleurs, nous visons au portrait et non au panégyrique.

Il se glisse parfois dans les rangs de cette honorable phalange des individualités douteuses, personnages remuants, bons à tout faire, plus semblables à l'adjudant d'un régiment qu'à un chef d'atelier. A peu près dénués des connaissauces indispensables à l'exercice de leur profession, ils se faufilent grâce à leur esprit d'intrigue et s'imposent par leur jactance : serviles et rampants en présence du patron, ils se montrent irascibles et despotiques à l'égard de ceux qui, pour leur malheur, se trouvent placés sous leurs ordres. Nous pourrions nommer comme modèle de l'espèce le prote d'une grande maison de Paris : il est incapable de composer une ligne, incapable d'établir un devis, incapable de lire une épreuve. Par contre, la manie écrivassière le travaille et il ne laisse échapper aucune occasion de produire ses lourdes élucubrations. Son audace va plus loin : il courtise les neuf Sœurs, sans succès, il est vrai ; car il ignore les plus simples règles de la versification et commet bravement des vers de quatorze syllabes.

Mais, hâtons-nous de le dire, ce ne sont pas là de vrais protes ; ce sont des intrus qui font exception et servent de repoussoir. Pour eux, d'ailleurs, la roche Tarpéienne se trouve toujours bien près du Capitole.

Terminons cette esquisse par deux anecdotes où se montre le travers de certains protes qui, à force de se frotter aux auteurs, de voir faire des livres, finissent par se croire eux-mêmes des littérateurs.

Il y a quelques années, vous pouviez voir à certaines heures de la journée, toujours les mêmes, un homme fortement charpenté, vêtu d'un long paletot, le chef couvert d'une calotte de velours noir, faisant tourner nonchalamment dans ses gros doigts une ou deux clefs, le ruban de la Légion d'honneur empourprant sa boutonnière, cheminer le long d'une des voies les plus fréquentées de la capitale. Vous l'eussiez pris pour quelque soudard en retraite. Non ; c'était le prote d'une des imprimeries les plus importantes de Paris. Il s'était acquis dans cette maison une très haute autorité, non seulement sur le maître de l'établissement et les ouvriers, mais encore sur les clients, des hommes de grande science pour la plupart. Cette omnipotence semblerait inexplicable, si l'on ne savait que l'audace et la rudesse tiennent parfois lieu de savoir et de talent. Il arriva qu'un savant fit une addition au *Traité de Statique* de Monge ; notre savant, désirant rester inconnu, ne signa pas son travail. Le prote dont nous voulons parler, qui, bien entendu, ne connaissait rien aux x et aux y, si ce n'est par ouï-dire, proposa au savant de signer de son nom à lui l'opuscule algébrique. Le savant laissa faire. Aujourd'hui, notre prote ne manque pas d'ajouter au-dessous de sa signature : *Un tel, auteur de l'Addition* au *Traité de Statique* de Monge. Si cet homme ne connaît rien en mathématiques, on dit qu'il est fort expert en grivoiseries ; on ajoute qu'il s'écarte trop souvent des plus élémentaires préceptes de la civilité.

Autre histoire : M. A...., professeur de mathématiques, faisait imprimer une *Algèbre*. Il avait laissé échapper dans son manuscrit une faute assez importante (il s'agissait d'une équation du second degré) ; le correcteur en première, qui par bonheur savait un peu d'algèbre, corrigea la faute sur l'épreuve. Quelques jours après, M. A .... vint à l'imprimerie, remercia chaudement le prote (le correcteur assistait à la scène), le félicita de posséder des connaissances en algèbre, etc. Le prote empocha sans sourciller les compliments et se contenta de sourire quand le correcteur, en plaisantant, lui fit remarquer avec quel aplomb il se laissait parer des plumes du paon.

Dès 1847, une association fraternelle se forma entre les protes des diverses imprimeries typographiques de Paris, avec l'autorisation ministérielle.

Elle a principalement pour objet d'entretenir des liens d'amitié et de bonne confraternité entre les membres qui en font partie ; de s'occuper des progrès de l'art typographique et d'assurer des secours à chacun des sociétaires en cas de maladie ou d'infirmités. Cette société, qui continue obscurément sa paisible existence, se composait, à la fin de 1874, de 28 membres honoraires (avocats, médecins, libraires, imprimeurs, fondeurs en caractères, etc.) et de 53 membres actifs, parmi lesquels les ex-protes étaient en majorité (29 sur 53). Elle est donc loin de renfermer dans son sein tous les protes des diverses imprimeries de Paris. La Société des proles publie par cahiers des comptes rendus annuels.

Quant aux *metteurs en pages* et aux *paquetiers*, ils se confondent sous la dénomination commune de *typographes*. Leur rôle dans l'atelier est suffisamment désigné par le nom qu'ils portent.

Ce n'est donc pas la hiérarchie qui détermine la physionomie du typographe : c'est le type individuel ou le genre habituel des travaux. Mais, avant de rechercher le caractère particulier à chaque genre, il n'est pas hors de propos d'introduire le lecteur dans l'antre où le personnage qui nous occupe passe la plus grande partie de sa vie. Citons d'abord Balzac ; nous ne saurions prendre un guide plus sûr et en même temps plus exact. Voici en quels termes il décrit, dans son roman intitulé *Illusions perdues*, l'établissement de David Séchard, à Angoulême : « L'imprimerie, située dans l'endroit où la rue de Beaulieu débouche sur la place du Mûrier, s'était établie dans cette maison vers la fin du règne de Louis XIV. Aussi, depuis longtemps, les lieux avaient-ils été disposés pour l'exploitation de cette industrie. Le rez-de-chaussée formait une immense pièce éclairée sur la rue par un vieux vitrage et par un grand châssis sur une cour intérieure. On pouvait d'ailleurs arriver au bureau du maître par une allée. Mais, en province, les procédés de la typographie sont toujours l'objet d'une curiosité si vive, que les chalands aimaient mieux entrer par une porte vitrée pratiquée dans la devanture donnant sur la rue, quoiqu'il fallût descendre quelques marches, le sol de l'atelier se trouvant audessous du niveau de la chaussée. Les curieux ébahis ne prenaient jamais garde aux inconvénients du passage à travers les défilés de l'atelier. S'ils regardaient les berceaux formés par les feuilles étendues sur des cordes attachées au plancher, ils se heurtaient le long des rangs de casses, ou se faisaient décoiffer par les barres de fer qui maintenaient les presses. S'ils suivaient les agiles mouvements d'un compositeur grappillant ses lettres dans les cent cinquante-deux cassetins de sa casse, lisant sa copie, relisant sa ligne dans son composteur en y glissant une interligne, ils donnaient dans une rame de papier trempé chargé de ses pavés, ou s'attrapaient la hanche dans l'angle d'un banc ; le tout au grand amusement des *singes* et des *ours*. Jamais personne n'était arrivé sans accident jusqu'à deux grandes cages situées au bout de cette caverne, qui formaient deux misérables pavillons sur la cour, et où trônaient d'un côté le prote et de l'autre le maître imprimeur... Au fond de la cour et adossé au mur mitoyen s'élevait un appentis en ruine où se trempait et se façonnait le papier. Là était l'évier sur lequel se lavaient avant et après le tirage les formes, ou, pour employer le langage vulgaire, les planches de caractères ; il s'en échappait une décoction d'encre mêlée aux eaux ménagères de la maison, qui faisait croire aux paysans venus les jours de marché que le diable se débarbouillait dans cette maison... »

Voilà ce qu'était une imprimerie de province, il y a cinquante ans. L'emploi de la vapeur a modifié cet aspect en quelques points et a donné à cette industrie un caractère d'usine qu'elle n'avait point autrefois. Empruntons donc au livre humoristique intitulé *Typographes et gens de lettres*, écrit par un enfant de la balle, le tableau animé d'une imprimerie contemporaine en pleine activité : « D'un côté, ce sont les machines qui dévorent d'immenses quantités de papier en grondant comme le dogue auquel on veut ravir sa proie. Les margeurs poussent négligemment, en chantant la chanson en vogue, les feuilles qui disparaissent immaculées pour venir tomber tout imprimées entre les mains des receveurs. Plus loin sont les imprimeurs, dernier vestige de l'ancienne imprimerie, qui font le moulinet en racontant leurs interminables histoires. Par ici sont les compositeurs, discourant, plaisantant, discutant, sans que pour cela le mouvement des doigts se ralentisse. »

« En mettant le pied dans la salle de composition ou *galerie*, dit M. Jules Ladimir, nous avons entendu un bourdonnement, un dissonant assemblage de voix dans tous les tons, depuis le fausset aigu des apprentis jusqu'à la basse-taille des doyens, qui grommellent sans cesse comme de vieux bisons, en ruminant leur ouvrage. Donnons-nous la mine d'un auteur et prenons un air sans façon; car ces messieurs n'aiment pas les étrangers qui viennent, avec un lorgnon enchâssé dans l'arcade sourcilière, les regarder travailler comme on regarde les singes ou les ours monter à l'arbre et faire leurs exercices. Souvent ils se donnent le mot pour se livrer alors aux contorsions les plus bizarres, de sorte que le visiteur se croit traîtreusement amené dans une salle de maniaques ou d'épileptiques..... Écoutons. Les intelligences frottées incessamment l'une par l'autre dégagent un feu roulant de saillies, de bons mots, de pointes, de sarcasmes, de calembours, de coq-à-l'âne à désespérer Odry. A l'atelier, on ne respecte rien, ni les hommes de lettres, ni les hommes d'État, ni les artistes, ni le talent, ni la richesse, ni même la sottise. Renvoyée d'un bout de la galerie à l'autre, l'épigramme rebondit, redouble de verve et de sel. *Vires acquirit eundo.* Les ridicules sont découverts avec une sagacité merveilleuse, mis à nu et fouettés sans miséricorde... Parfois les compositeurs tournent contre leurs propres confrères cette rage de l'ironie, cette monomanie homicide de la satire. A-t-on surpris dans la galerie quelque figure frappée à un certain coin, quelque angle facial trop aigu, un crâne sur lequel la sottise en relief eût épouvanté Gall, une physionomie condamnée d'avance par Lavater, un de ces tristes hères dont l'extérieur effacé, craintif, porte l'empreinte d'une création manquée et qui occupent chez les hommes la même place que l'unau et l'aï parmi les animaux, malheur! Il sera comme un piton qui fait crever la nue et descendre la foudre. Sur lui les cataractes sont ouvertes; elles l'engloutiront, à moins que, comme cela arrive, il ne préfère abandonner la place et l'atelier; ou bien encore qu'il n'emploie sa force physique pour faire respecter sa faiblesse intellectuelle... Si le compositeur n'est pas en train de travailler, il rêve... »

« Le lieu où s'élaborent les grands travaux qui doivent donner au monde la vie et la lumière est généralement situé dans un quartier retiré dont les abords, semblables à ceux d'un antre mystérieux, se révèlent à l'odorat par des odeurs inconnues, étranges, produites par le mélange des émanations diverses de la colle, du papier humide, de l'encre et de la potasse. Le public, qui n'a pas encore pu s'habituer à croire que l'imprimerie est un état manuel, plonge toujours un regard défiant et empreint d'une vive curiosité lorsqu'il passe près d'une de ces demeures. Son étonnement augmente encore lorsqu'il en voit sortir, pour aller se réfugier dans les cabarets voisins, des hommes coiffés de toques, de bonnets de police, de mitres en papier. Leur accoutrement étrange, qu'eux seuls savent porter, leur attire, sinon le respect, du moins cet intérêt curieux et empressé que porte le public à tout ce qui lui est inconnu...

L'aménagement d'une imprimerie est généralement composé de la façon suivante : la machine à vapeur au sous-sol; au rez-de-chaussée, les presses mécaniques, — que les phraseurs appellent les canons de l'intelligence et les mortiers de la pensée, — et les presses. Quand tout cela marche, c'est un vacarme à étourdir un sourd. Au premier étage sont placés les compositeurs qui, suivant l'importance de la maison, peuvent occuper jusqu'aux mansardes. Les ateliers de composition, ou *boîtes*, comme les appellent les compositeurs, se divisent, sous le rapport de l'aménagement, en trois catégories bien distinctes. La première se compose des imprimeries où l'on y voit à travailler; la seconde, de celles où l'on y voit un peu; la troisième, de celles où l'on n'y voit pas. Cette dernière catégorie est la plus nombreuse. A Paris, où, dans son langage pittoresque et coloré, l'ouvrier dénomme d'une façon particulière les hommes et les choses, il a donné le nom de *cage* à tout atelier couvert de vitres. Là, pas de disputes pour les places; pas de réclamations au metteur en pages, au prote ou au patron, fondées sur le droit d'ancienneté; car le jour est le même partout. Il est vrai que ce genre d'atelier a bien aussi ses désagréments : on y gèle en hiver, on y grille en été; par les temps de pluie, l'eau coule dans les casses et distribue des douches à profusion; mais le compositeur est industrieux comme le castor et habile comme le singe, dont il est l'imitateur par ses mouvements. En été, pour parer à la chaleur, il tend au-dessus de sa tête des cordes sur lesquelles il place des maculatures. En hiver, il corrompt l'homme de peine préposé à la distribution du charbon en lui offrant le canon de l'estime et la goutte de l'amitié, afin d'obtenir une deuxième édition de combustible. Lorsqu'il pleut, il a le choix ou de placer un parapluie au-dessus de sa tête, ou de recevoir l'eau, ce qui avec le temps ne laisse pas d'être agréable; car il se voit obligé de recourir au marchand de vin le plus voisin, afin de combattre d'une façon homéopathique la fraîcheur extérieure du corps. Dans les imprimeries qui appartiennent à la seconde classe, les désagréments sont moins nombreux; mais les ouvriers placés auprès des fenêtres voient seuls à travailler; pour les autres, ils ne voient rien, si ce n'est qu'ils ne voient pas. Inutile de parler de la troisième catégorie d'ateliers. Tous les désagréments s'y trouvent réunis. Ajoutons un détail : dans les ateliers de composition, il est de règle de nettoyer le moins possible; le parquet est, il est vrai, balayé deux fois par semaine, mais les murs ne sont jamais reblanchis, les carreaux de vitre sont lavés au plus une fois l'an; ce qui donne à la salle un aspect sombre et mystérieux; elle a l'air enfumé d'un tableau de Rembrandt (1). »

(1) *Typographes et gens de lettres*, ouvrage très intéressant, que nous recommandons à l'attention des lecteurs.

Voici à ce sujet une piquante anecdote que nous fournit l'ouvrage cité plus haut : « Il arriva un jour qu'un ancien ministre apporta lui-même ses épreuves à l'imprimerie. C'était un dimanche; l'atelier avait un aspect de propreté et de fête; on eût dit qu'il attendait cette visite. Après s'être entretenu quelque temps avec les compositeurs, il se mit à examiner l'atelier en homme qui cherche à se rappeler : « La dernière fois que je » suis venu ici, dit-il, c'était en 1836; mon metteur » en pages était là, » et il indiquait l'endroit. « Il » avait dans les ordres un frère qui est devenu » évêque; il y a tantôt vingt-cinq ans de cela..... Il » s'est passé bien des choses depuis; les hommes » ont vieilli; seul, votre atelier a conservé la même » physionomie... Il est toujours aussi sale... »

Le moment de la *banque*, c'est-à-dire de la paye, offre dans une imprimerie un coup d'œil curieux. Les bruits connus de l'atelier ont fait silence; les ouvriers, revêtus de leurs paletots, forment, en attendant, des groupes recueillis; le guichet s'ouvre : le prote appelle un à un les metteurs en pages, qui à leur tour distribuent à chacun de leurs paquetiers ce qui lui revient; après les metteurs, c'est le tour des hommes de conscience; puis viennent les conducteurs, qui reçoivent pour leur équipe; les pressiers, le trempeur, le chauffeur et le brocheur, l'homme de peine et les apprentis. Enfin c'est le tour des correcteurs. Dans quelques rares maisons, le prote apporte lui-même à ces derniers le salaire de la quinzaine; dans la plupart, ils passent, comme nous venons de le dire, les derniers, preuve de la haute considération qu'on leur accorde. De toutes parts retentit à cet instant dans l'atelier le bruit métallique de l'or et de l'argent que l'on remue, bruit inaccoutumé; les apprentis, un cornet de papier à la main, vont de rang en rang recueillir les collectes et les souscriptions; là, un organisateur de fins déjeuners, qui a pris toute la dépense pour lui, règle ses comptes avec ses convives; dans un coin, un fanatique de saint Lundi calcule comment il pourra satisfaire ses *loups*... ou les fuir. Enfin, à huit heures, tout le monde est parti, et les préoccupations sont chassées pour quinze jours.

Maintenant que nous connaissons la caverne, examinons plus en détail ceux qui l'habitent et lui donnent la vie et le mouvement.

Sous le rapport des travaux divers qu'ils sont appelés à faire, les typographes se divisent en trois classes : les *labeuriers*, c'est-à-dire ceux qui composent le plus habituellement les ouvrages de longue haleine; les *journalistes*, spécialement employés à la composition des nombreux journaux quotidiens, hebdomadaires ou mensuels, et les *tableautiers*, qui exécutent les tableaux de chemins de fer, de douane, de statistique, etc. En outre, on compte quelques ouvriers spéciaux pour la composition des ouvrages de mathématiques, du plain-chant et de la musique. Mais ces catégories ne sont pas tellement fermées qu'un *labeurier* ne devienne *journaliste* ou *tableautier*, et réciproquement; aucun typographe n'est absolument parqué dans sa spécialité. Dans la même imprimerie, on distingue, outre le prote, comme nous l'avons déjà dit, les metteurs en pages, les paquetiers et les *corrigeurs*. Ces derniers sont à la journée, ou plutôt à l'heure, et font partie de la *conscience*. Les gains sont, on le conçoit, inégaux suivant les aptitudes et l'assiduité au travail. Les *journalistes* sont les mieux rétribués.

Au point de vue des types et des caractères individuels, il est impossible d'établir des divisions précises. Le typographe est un être « ondoyant et divers, » essentiellement fantaisiste et primesautier. Pourtant, nous distinguerons les genres suivants. C'est d'abord le *gourgousseur*, qui ne sait pas renfermer en lui-même ses impressions et qui les exhale à tout propos en plaintes, en récriminations, en doléances de toute sorte. De mémoire de compositeur, personne n'a vu le *gourgousseur* satisfait. Son caractère morose et grondeur fait le vide autour de lui mieux que ne le ferait une machine pneumatique. Le *gourgousseur* est presque toujours en même temps *chevrotin*, c'est-à-dire facilement irascible. Le *fricoteur*, lui, est une véritable plaie pour l'atelier. On l'appelle encore *pilleur de boîtes*. Le premier arrivé à l'atelier, il passe rapidement en revue les casses des camarades qui travaillent sur le même caractère que le sien et prélève un impôt sur chacun. Dans sa conscience, il ne considère pas cela comme un vol, et pourtant c'en est un véritable, puisqu'il s'empare du résultat du travail de ses confrères. Comme tous les coquins, le fricoteur est doué d'une certaine audace; il a le verbe haut, cherche à intimider ses victimes et joint souvent à ses défauts celui d'être gourgousseur. Le typographe *casanier* est moins rare qu'on ne pourrait le supposer. Il se reconnaît à des signes particuliers : « Dès qu'il est depuis quelque temps dans un atelier et qu'il en connaît les us et coutumes, il en fait dans son imagination la maison de retraite pour ses vieux ans et se considère lui-même comme partie intégrante du matériel; sa place est un modèle de propreté; le soin méticuleux qu'il met à toujours garder la même position devant sa casse fait que l'endroit où posent ses pieds en a pris l'empreinte; chaque coin de l'atelier lui rappelle une histoire, une anecdote, un souvenir. Son rang est aménagé avec un soin infini. Il a une collection de choses sans nom et sans utilité pour d'autres que pour lui et qui toutes lui sont chères. Il s'est créé des amis; il tient à ses relations; le patron n'a pas de plus chaud défenseur que lui. Si, par malheur, il est forcé de sortir de cette maison qu'il regardait comme la sienne, de quitter cette place où il a passé tant de longues heures, d'abandonner à des inconnus ces casses qu'il soignait avec tant d'amour, il ramasse tristement son *saint-jean* et s'en va en essayant de faire croire à une indifférence qui est bien loin de son cœur (1). »

Un caractère commun à la grande majorité des typographes, c'est l'amour du progrès et des idées nouvelles. En tout et partout le compositeur est pour le progrès. « Il a été, dit M. Jules Ladimir, de toutes les religions nouvelles qui ont essayé de reconquérir notre foi lasse de tout, même de sa pauvre sœur, l'espérance. On l'a vu successivement saint-simonien, fouriériste, châteliste, etc. » On doit se souvenir que ce sont des typographes qui ont commencé la révolution de 1830. Leurs successeurs appartiennent presque tous à l'opinion républicaine, et la nuance des journaux auxquels ils sont employés ne déteint que très peu sur eux.

L'ouvrier compositeur se croit, en général, apte à tout; mais, parmi les carrières qui lui offrent le plus d'attrait, il faut ranger en première ligne la carrière théâtrale. C'est pour beaucoup de typographes une idée fixe, un *hanneton*, comme on dit dans les ateliers. La typographie parisienne a une troupe théâtrale exclusivement composée de compositeurs et de leurs femmes ou de leurs sœurs; cette troupe joue la comédie comme une troupe de province. Nous avons assisté à quelques-unes de

(1) *Typographes et gens de lettres.*

ces représentations, et nous devons dire que nous nous sommes retiré très satisfait : la plupart des acteurs possédaient bien les planches et s'acquittaient de leur rôle avec tact et intelligence. Peut-être laissaient-ils pourtant trop à faire au souffleur. Cette société, organisée dans un but purement philanthropique, verse environ deux mille francs par an aux confrères besogneux.

Il y a aussi des poëtes parmi les fils de Gutenberg ; sans parler d'Hégésippe Moreau et de Béranger, qui furent compositeurs, on compte dans la famille typographique de nombreux amants de la Muse, qui, pour être moins célèbres, ne sont pourtant pas sans mérite. Ceux-là, ouvriers laborieux, n'abandonnent point la casse pour les applaudissements de la foule, et ils ne voient dans la poésie qu'une douce diversion aux travaux du jour. Citons quelques noms : Théodore Alfonsi, auteur de *Chants et chansons*; Th. Delaville, Adolphe Péqueret, Édouard Maraux ; V.-E. Gautier, imprimeur à Nice ; Ch. Bunel, E. Petit, notre ami Eugène Clostre, Marion, E. Pelsez, J.-F. Arnould, Chassat, E. Duras, J.-J. Chataignon, Le Godec, Victor Heuré, Barillot, Boué (de Villiers); Hippolyte Matabon, prote à l'imprimerie Cayer et Cie, de Marseille, auteur d'un volume de poésies : *Après la journée*, couronné, en novembre 1875, par l'Académie française, etc. Contentons-nous de nommer, parmi les romanciers, le curieux Restif de La Bretonne, auquel M. Ch. Monselet a consacré une étude étendue; parmi les journalistes, Léo Lespès, si connu sous le pseudonyme de Timothée Trimm; Charles Sauvestre, etc. Tout le monde sait que Benjamin Franklin a été compositeur. L'historien Michelet le fut dans sa jeunesse, et mille autres qu'il serait trop long d'énumérer.

Il est un trait de caractère commun à tous les typographes, que nous nous reprocherions de passer sous silence : c'est le bon cœur, la facilité à plaindre l'infortune, la promptitude avec laquelle chacun d'eux vient au secours des misères qui frappent autour de lui. « Le compositeur, dit M. Ladimir dans l'article que nous avons déjà cité, a le cœur sur la main. Arrive-t-il à un confrère de faire une longue maladie; lui a-t-on, pendant son absence, emprunté son mobilier; est-ce un étranger qui débarque sans ressource, ou qui, faute d'ouvrage, veut retourner chez lui, ou bien un enfant pâle qui s'étiole et meurt de nostalgie; est-ce une veuve que la mort de son mari vient de priver à l'improviste de tout moyen d'existence, aussitôt une circulaire court les imprimeries, une liste de souscription se forme, s'allonge, se remplit, se gonfle et se résout en une somme assez ronde qui tombe inopinément dans la main du pauvre diable. Cela se fait avec délicatesse; souvent même la charité porte les typographes à venir au secours d'individus étrangers à leur profession. »

Voilà le portrait du typographe actuel; nous

l'avons tracé avec tout le soin et toute la vérité possible. Pourtant il nous reste encore un trait à ajouter qui n'est point en faveur de notre modèle : nous voulons parler de sa propension à fêter plus que de raison la dive bouteille. C'est surtout dans la nombreuse armée des *rouleurs* (1), c'est-à-dire des ouvriers qui ne séjournent pas longtemps dans la même imprimerie, que se rencontre le plus de « courtisans de la dive bouteille, » comme on disait jadis ; c'est là que fourmillent les *poivreaux*, ces incorrigibles ivrognes, souvent habiles ouvriers, mais qui ne savent jamais résister à la tentation de prendre une *tasse*, d'*écraser un grain*, ou d'*étouffer un perroquet*. Ceux-là saisissent aux cheveux la moindre occasion de prendre la *barbe*, et, sous le fallacieux prétexte de rendre les derniers devoirs à un ami, ils ne manquent jamais de manger le traditionnel *lapin* et de s'enivrer à l'issue de la cérémonie funèbre. Nous n'avons pas besoin de dire que les *poivreaux* sont aujourd'hui en minorité. Ils sont, on le conçoit aisément, le fléau des marchands de vin, et il n'est pas de ruses auxquelles ils n'aient recours pour échapper aux *loups*, c'est-à-dire à leurs créanciers, le jour où ils touchent leur maigre banque. Il nous revient en mémoire un moyen assez piquant, employé par

(1) Voir au Dictionnaire le portrait du *rouleur*, tracé d'une façon aussi exacte que pittoresque par notre ami M. Ulysse Delestre.

l'un d'eux pour sortir de l'imprimerie sans être harcelé par les *loups* qui l'attendaient à la porte. Le quidam en question imagina de se blottir dans une de ces voitures à bras couvertes que traînent les hommes de peine et qui servent à transporter chez le brocheur les feuilles imprimées. L'homme de peine de la maison se prêta de bonne grâce à la ruse et se mit en devoir de voiturer son fardeau au dehors; mais le personnage était gros et lourd : un des créanciers s'approcha complaisamment, poussa à la roue et contribua ainsi à la fuite de son débiteur; en sorte que le *loup* et ses confrères restèrent à se morfondre à la porte pendant plusieurs heures, tandis que le *louvetier* désaltérait son complice et son sauveur chez un marchand de vin du voisinage.

L'anecdote n'est point à dédaigner, surtout dans la matière qui nous occupe, et bien souvent elle caractérise une individualité mieux que ne le pourraient faire de prolixes descriptions. En voici quelques-unes parfaitement authentiques, « congruentes » à notre sujet.

La semaine a été rude; les auteurs et les éditeurs ont mis l'atelier sur les dents, aussi bien les metteurs que la conscience. Enfin c'est samedi, c'est jour de banque. Il est huit heures et demie : la banque est faite; la conscience a reçu sa quinzaine; les metteurs ont soldé leurs paquetiers. « Allons prendre une *tasse*, dit un metteur à un homme de conscience. — Allons! » répond l'autre. Sans prendre le temps de quitter la blouse de toile blanche percée à l'endroit où l'ouvrier s'appuie sur le marbre, çà et là maculée de larges taches d'encre d'imprimerie, serrée à la taille par une ficelle effilochée qui a déjà servi à lier les paquets, nos deux hommes s'en vont au *Petit-Dunkerque* ou ailleurs. Ils boivent une tasse; ils causent politique; ils s'échauffent; ils boivent un litre, ils en absorbent un autre, et, quand ils songent à aller reprendre leur paletot, la *boîte* est fermée. « Eh bien, allons à la Halle! — Partons. » Les voilà tous deux, leurs espadrilles aux pieds, dans le costume que nous venons de décrire, attablés chez Baratte ou dans quelque autre cabaret des Halles. Les heures coulent vite, le vin aussi. Le moins ivre songe enfin à rentrer. L'autre veut aller voir les *amis* (le typographe ne les oublie jamais.) « Allons voir les amis, puisque c'est ton idée; mais lesquels? — X... est à Caen. — Allons à Caen. » Sans discuter davantage, nos deux *typos* se rendent à la gare Saint-Lazare, prennent leurs billets pour Caen, et y arrivent le matin... penauds et dégrisés. Les *amis* leur prêtent les vêtements indispensables. On fait fête, et l'on se... regrise. La banque bue et mangée, on repart..., après avoir repris la blouse et les espadrilles; on a conservé juste de quoi revenir à Paris. Nos deux voyageurs s'endorment; mais, fatalité! l'un d'eux se réveille à un arrêt, descend, veut boire une *tasse* à la gare et laisse partir le train...., et le train emporte son camarade, lequel avait en poche les deux billets. Le malheureux est resté là deux jours sans le sou, conduit chez M. le maire du village voisin, pataugeant dans la boue, presque pris pour un malfaiteur. Enfin, son billet lui ayant été renvoyé, il put revenir. On en fit, comme bien vous pensez, des gorges chaudes dans l'atelier. Mais le pauvre Joseph, un des meilleurs typographes que nous connaissions, ne s'est pas corrigé pour cela, et Henri, son complice, entré depuis dans les journaux, rit encore de cette escapade quand on la lui rappelle.

Autre exemple d'originalité.

Un vieux typographe eut un jour une fantaisie singulière. Comme les héros de l'aventure divertissante que nous venons de raconter, il se trouvait aux Halles, un dimanche matin. Quand fut venu le moment de rentrer chez lui, il s'aperçut que ses jambes flageolaient. Trouver un véhicule fut sa pensée dominante; mais aller à sa recherche lui paraissait une fatigue au-dessus de ses forces. Alors il appelle un porteur qui passait avec sa large hotte, fait prix, se hisse dans la hotte, et porteur et porté se mettent en route : ils parcourent ainsi toute la rue de Rivoli et la rue Saint-Antoine jusqu'à la Bastille. Le *typo* se tenait tantôt accroupi dans la hotte, tantôt debout, haranguant les passants stupéfaits de ce nouveau mode de transport. L'histoire ne dit pas si le porteur déposa son fardeau au bas de l'escalier ou s'il grimpa jusqu'au domicile de notre facétieux *poivreau.*

C'est le même qui se fit un jour voiturer à bride abattue en corbillard, à travers les rues de Paris, par un cocher aviné des Pompes funèbres, pendant que le *macchabée* attendait patiemment à la porte le moment d'accomplir son dernier voyage.

Voici encore une anecdote, non moins véridique que les précédentes. Les ouvriers sont dans la semaine du *batiau* et travaillent activement. L'apprenti arrive du bureau en criant : « Monsieur Monnier, une dame vous demande. » Un vieux *typo*, âgé de soixante à soixante-cinq ans, lève la tête, pose son composteur et se dirige à pas lents vers l'escalier. Il rentre quelques instants après tout ému et s'écrie : « *Ma femme accouche!* — Comment, père Monnier, votre femme accouche? — Oui; on m'envoie chercher. La sage-femme est à la maison. » Et le brave homme se hâte d'endosser son paletot et part en courant. « C'est bien étonnant, dit quelqu'un après son départ; je connais Mme Monnier : elle a au moins soixante ans. C'est un *montage.* » Le lendemain, le père Monnier revint tout penaud et se remit à sa casse en silence; il se crut victime d'une plaisanterie. Il n'en était rien pourtant : un de ses compagnons, un jeune homme connu à l'atelier sous le prénom d'Auguste, était absent. On se souvint alors qu'Auguste se nommait aussi Monnier. C'était la femme de ce dernier, qui, la veille, accouchait.

4

Nous avons gardé pour le bouquet la singulière aventure que voici : deux compagnons de rang ne cessaient d'échanger d'amères réflexions sur l'ennui que leur causait le travail quotidien, qu'ils trouvaient d'une monotonie insipide. « Pourquoi, se disaient-ils, nous fatiguer durant dix longues heures à disposer dans un ordre déterminé de petits morceaux d'un métal insalubre? Les quelques misérables pièces d'argent que nous recevons en échange de tant de peines sont vite converties en grossiers aliments et en boissons frelatées. Décidément l'état de nature était préférable! Du temps où notre grand-père Adam se promenait peu vêtu dans le paradis terrestre, quelques fruits lui suffisaient; il se nourrissait d'herbes savoureuses et de racines succulentes; une eau pure et limpide étanchait sa soif. Il coulait des jours heureux et tranquilles, sans se préoccuper du terme à payer, des vêtements à remplacer, du *mastroc* à satisfaire; en un mot, aucun des vulgaires tracas de notre existence prétendue civilisée ne troublait sa quiétude. Revenons donc à l'innocence adamique et à la vie primitive. » Cela dit, nos deux philosophes quittent l'atelier et s'en vont... dans le bois de Clamart où ils comptent fonder... un nouvel Éden. Pendant deux jours, ils s'y nourrirent de baies sauvages et de l'herbe des champs et dormirent à l'abri des taillis. Au bout de ce temps, l'un d'eux faiblit et revint dans la grande Babylone; l'autre persista plus longtemps; il dut céder pourtant : malade et presque mort de faim, il s'avoua vaincu et reprit à regret ses occupations d'autrefois, désolé de n'avoir pu s'accoutumer au régime végétal. Il est connu actuellement dans les ateliers sous le surnom mérité de l'Herbivore.

Est-ce sortir de notre sujet que de dire un mot du compositeur américain? Voici une page pleine de verve que M. E. François, délégué à l'Exposition de Philadelphie, consacre au *typo* du *Herald* dans son intéressant Rapport :

« Mis en gentleman, un petit panier au bras renfermant son repas, il entre calme et digne dans le *composing room*, quoiqu'il vienne de franchir la centaine de marches qui séparait l'atelier du sol boueux de la rue. Son premier soin est de déposer son repas dans la glacière, puis il quitte ses vêtements, y compris la chemise, les accroche au porte-manteau et endosse le tablier que portaient nos pères sur son *gilet de flanelle*, qui est généralement en coton; d'un pas tranquille, il va à « sa boîte, » où un « homme de bois » lui a mis de côté sa part de distribution. Il tire de sa poche son tabac à chiquer, le met dans la « mentonnière », s'assure d'un coup d'œil que le *vase bow* est à la portée de son jet salivaire, grimpe sur son tabouret, et le voilà parti à distribuer, sans que rien ne l'arrête, jusqu'à l'heure de commencer. Une simple visite au *bar*, situé dans le *basement* voisin, n'est pas non plus chose rare, histoire de prendre un *drink* avec le compagnon.

» Comme la façon du travail ne demande aucun échange de paroles, le compositeur américain peut quitter l'atelier, une fois le journal fini, sans avoir dit un mot. A très peu d'exceptions près, cela se passe ainsi. Les « sortes » n'existent qu'en très petit nombre; par compensation, elles manquent généralement d'esprit. La « roulance » se pratique sur une petite échelle en signe de dénégation. Un grand plaisir est de faire répéter le plus de fois possible une question posée à haute et intelligible voix, en demandant : Qu'avez-vous dit? — *What did you say?* — A chaque répétition, la galerie se tord littéralement. Rarement on entend dire : *He has got his oxen!* Il a son bœuf! — Nous ignorons de quel côté vient l'emprunt.

» Dans les maisons importantes, les relations entre patrons et ouvriers sont nulles; l'intermédiaire est le « prote à tablier. »

» Le compositeur américain est, en général, plus vif à lever la lettre que son confrère français; cela tient, croyons-nous, à son tempérament plus froid, moins susceptible d'énervement; on bat moins le briquet qu'en France.

» Le niveau intellectuel du « typo » américain est, en moyenne, un peu meilleur qu'à Paris; mais il a un terrible ennemi : le whiskey, et les notions de l'économie et de la prévoyance lui sont presque inconnues. »

Nous ne pouvons, dans des pages consacrées

aux typographes, omettre de parler de la Société typographique, qui renferme dans son sein le plus grand nombre des ouvriers compositeurs de Paris. Cette Société n'est pas simplement une Société de secours mutuels; elle s'est aussi donné pour mission de maintenir le prix de la main-d'œuvre à un taux assez élevé pour être rémunérateur. Après avoir rencontré d'énormes difficultés pour accomplir les diverses tâches qu'elle s'était imposées, la Société typographique avait fini par triompher complètement en 1868. Les premiers Tarifs avaient été discutés et consentis par une commission de patrons et d'ouvriers, et ils furent en vigueur de 1843 à 1862. A cette époque, le prix de toutes choses ayant augmenté dans une proportion très considérable, la profession de compositeur ne suffisait plus pour faire vivre son homme. La Société typographique essaya de faire adopter par les maîtres imprimeurs un Tarif plus rémunérateur. Ceux-ci, s'abritant derrière la loi sur les coalitions, refusèrent pour la plupart ou traînèrent les choses en longueur. Voyant que les pourparlers n'aboutissaient pas, la Société ordonna des *mises-bas*, c'est-à-dire la cessation du travail dans les maisons qui n'accepteraient pas le nouveau Tarif. Un grand nombre adhérèrent; d'autres résistèrent et furent immédiatement abandonnées. Le chef de l'une d'elles, député au Corps législatif, vit ses ateliers désertés en un jour; des arrestations et des poursuites eurent lieu; les grévistes, malgré la défense de l'illustre Berryer (1), furent condamnés à la prison et à l'amende; mais ils se virent bientôt graciés. Une nouvelle loi devenait indispensable : celle qui régit aujourd'hui la matière fut votée par le Corps législatif, et l'accord se fit alors presque partout entre les patrons et les ouvriers.

Un petit nombre de maisons *à l'index*, c'est-à-dire dans lesquelles aucun sociétaire ne pouvait accepter de travail sous peine de déchéance, employèrent les typographes qui n'étaient pas entrés dans l'association ou qui, pour un motif ou pour un autre, en étaient sortis; d'autres, en petit nombre aussi, occupèrent des femmes.

Outre le Tarif de 1862, entièrement refondu en 1868, qui régla jusqu'en 1878 le prix des divers travaux et spécifia ceux qui pouvaient être faits en conscience, c'est-à-dire par les ouvriers à la journée, et ceux qui devaient être faits aux pièces, la Société typographique avait établi quelques autres dispositions, dont voici les plus importantes : 1° le maître imprimeur n'emploiera pas de femmes

(1) Le grand avocat, qui était aussi un grand cœur, refusa de recevoir les honoraires qui lui étaient dus pour sa plaidoirie. Les typographes trouvèrent un moyen ingénieux et délicat de prouver leur reconnaissance : ils composèrent un volume des *Oraisons funèbres* de Bossuet, et en firent tirer un seul exemplaire qu'ils offrirent à Berryer. Cet exemplaire unique sera recherché par les bibliomanes de l'avenir.

comme compositrices; 2° les mises en pages seront faites aux pièces; 3° le nombre des apprentis sera au maximum de 1 pour 10 compositeurs. Le Tarif favorisait les commandites, c'est-à-dire l'entreprise d'un labeur ou d'un journal par un groupe d'ouvriers qui choisissent eux-mêmes leur metteur en pages. Presque tous les grands journaux quotidiens de Paris sont composés dans ces conditions.

En 1878, une nouvelle revision du Tarif a été tentée. Après de laborieuses discussions et de longs pourparlers entre la Commission patronale et la Commission ouvrière, les délibérations ont été rompues et l'accord n'a pu se faire. Le 21 mars, le comité de la Chambre syndicale typographique a ordonné une *mise-bas* qui a causé une grande perturbation dans la typographie parisienne.

Soutenus par les éditeurs les plus considérables de la capitale, quinze maîtres imprimeurs des plus importants ont refusé d'accepter le Tarif élaboré par la Commission ouvrière et voté par les sociétaires. Les maîtres imprimeurs non adhérents ont mis en vigueur un Tarif dû à la Commission patronale; ce Tarif améliore les prix consentis à l'amiable en 1868.

L'écart entre les deux Tarifs était si minime qu'il semblait qu'une entente bien désirable eût pu se faire facilement. Il n'en a rien été : la lutte a duré deux grands mois à l'extrême détriment des deux parties. Finalement, après cette longue résistance, les ouvriers ont dû céder et sont rentrés pour la plupart dans leurs ateliers en acceptant individuellement le Tarif patronal. C'est pour la Société typographique parisienne un échec considérable.

Il existe dans la plupart des grandes villes de province, à Lyon, à Bordeaux, à Marseille, des sociétés typographiques organisées sur le modèle de celle de Paris.

Parlerons-nous maintenant du *correcteur?* Nous avons hésité à le faire pour deux motifs : le premier, c'est que nous appartenons à la corporation et qu'il est bien difficile de « se connaître soi-même; » le second, c'est que le correcteur n'est réellement *typographe*, dans le sens exact du mot, que s'il est en même temps compositeur. Pourtant, le jour même où le compositeur est né, le correcteur a paru ; sitôt qu'une ligne a été composée, elle a dû être *lue*. Le correcteur est donc le frère jumeau du compositeur : il doit même, pour être digne de ce nom, joindre à des connaissances grammaticales, lexicographiques, littéraires, historiques, etc., la connaissance au moins théorique de l'art typographique. C'est cette étroite parenté qui nous a décidé à lui donner place dans notre cadre. D'un autre côté, l'abstention de notre part eût pu sembler étrange.

Empruntons d'abord à notre ami, M. Alexandre Bernier, ancien président de la Société des correcteurs, quelques passages de son article très compétent, inséré dans le tome V du *Grand Dictionnaire universel du XIXe siècle* de Pierre Larousse :

« Toute personne, dit M. Bernier, qui est chargée habituellement, soit dans une imprimerie, soit dans une librairie, soit dans un bureau quelconque de publications, de corriger les fautes typographiques, grammaticales et littéraires, qui se trouvent sur les épreuves de toute espèce d'impressions, est un correcteur.

» Les personnes étrangères à l'imprimerie confondent souvent le correcteur avec le prote, quoique leurs fonctions soient complètement distinctes. Le prote est le représentant immédiat du maître imprimeur : il dirige et administre l'établissement. Le correcteur n'a pas à s'immiscer dans l'administration industrielle : il est le représentant de la littérature et de la science dans l'imprimerie. Son département est du domaine de l'intelligence pure. Il n'est placé sous la direction du prote que comme faisant partie du personnel de l'usine typographique.

» Il y avait autrefois très peu de correcteurs spéciaux, c'est-à-dire se livrant exclusivement à la correction des épreuves. Les protes, à défaut du maître imprimeur, se chargeaient de ce soin ; il en est même encore ainsi dans beaucoup de petites imprimeries, surtout en province, où l'on voit le maître imprimeur cumuler les fonctions de patron, de prote, de correcteur, voire de compositeur et d'imprimeur.

» Des besoins nouveaux et impérieux forcèrent plus tard le prote à se décharger d'une partie de sa responsabilité : il abandonna tout ce qui concerne la correction des épreuves, devenue incompatible avec sa présence presque constante à l'atelier et la surveillance qu'il y doit exercer. Ce jour-là naquit le correcteur tel qu'il existe aujourd'hui. »

Quelles sont les fonctions du correcteur ? Nous ne saurions en donner une meilleure définition que celle que nous extrayons d'une *Lettre adressée à l'Académie française par la Société des correcteurs des imprimeries de Paris* (juillet 1868) : « Les fonctions du correcteur sont très complexes. Reproduire fidèlement le manuscrit de l'écrivain, souvent défiguré dans le premier travail de la composition typographique ; ramener à l'orthographe de l'Académie la manière d'écrire particulière à chaque auteur ; donner de la clarté au discours par l'emploi d'une ponctuation sobre et logique ; rectifier des faits erronés, des dates inexactes, des citations fautives ; veiller à l'observation scrupuleuse des règles de l'art ; se livrer pendant de longues heures à la double opération de la lecture par l'esprit et de la lecture par le regard, sur les sujets les plus divers, et toujours sur un texte nouveau où chaque mot peut cacher un piège, parce que l'auteur, emporté par sa pensée, a lu non pas ce qui est imprimé, mais ce qui aurait dû l'être : telles sont les principales attributions d'une profession que les écrivains de tous les temps ont regardée comme la plus importante de l'art typographique. »

Les correcteurs se divisent en trois catégories : le correcteur *en première*, le correcteur *en seconde* ou *en bon à tirer*, et le *reviseur de tierces*. Le premier accomplit sa tâche en se conformant strictement au manuscrit de l'auteur, dont il élague toutefois les fautes d'orthographe et de ponctuation qui auraient été reproduites par le compositeur. La correction de l'épreuve en première est faite par le compositeur et à ses frais : de là la nécessité de ne rien changer à la copie ; de là aussi une cause incessante de discussions entre le correcteur en première et les typographes, ceux-ci se persuadant facilement que les fautes marquées sont des changements. Il est juste d'ajouter que le correcteur, en présence d'une phrase mal construite, ne résiste pas toujours à la tentation de la modifier.

Le correcteur *en bon*, lui, est plus libre : il ne lit qu'après l'auteur, et les fautes qu'il relève sont corrigées par la conscience, aux frais de l'éditeur.

Le *reviseur de tierces* est chargé de vérifier si les corrections indiquées sur le *bon* ont été exécutées ; c'est lui aussi qui voit les *revisions*, c'est-à-dire les premières feuilles tirées par l'imprimeur ou le conducteur. Sa responsabilité, moins lourde que celle du correcteur *en bon*, est cependant encore très grande.

Le genre de travail divise les correcteurs comme les compositeurs en *labeuriers* et en *journalistes.*

Quant à la situation du correcteur, les lignes suivantes, que nous écrivions au mois de décembre 1866, dans le journal *l'Imprimerie*, n'ont pas cessé d'être vraies : « Le correcteur, par son caractère et la nature de ses fonctions, est isolé, timide, sans rapports avec ses confrères, supporté plutôt qu'admis dans l'atelier typographique. Le patron voit souvent en lui une non-valeur, puisque son salaire est prélevé sur les *étoffes ;* le prote, la plupart du temps, diminue le plus possible l'importance de ses fonctions. Aussi, et nous avons le regret de le dire, le réduit le plus obscur et le plus malsain de l'atelier est d'ordinaire l'asile où on le confine. C'est là que, pendant de longues heures, il se livre silencieusement à la recherche des *coquilles*, heureux quand il n'est pas troublé dans sa tâche ingrate par les exigences incroyables de ceux qui exécutent ou dirigent le travail. Et pourtant, qu'est-ce que le correcteur ? D'ordinaire un déclassé, un transfuge de l'Université ou du séminaire, une épave de la littérature ou du journalisme, et que les circonstances ont fait moitié homme de lettres, moitié ouvrier. Aujourd'hui, sans doute, les choses ne sont plus ce qu'elles étaient il y a dix ans. Un élément jeune, plus énergique, est venu s'adjoindre aux hommes timides. »

Le correcteur a des origines diverses ; mais on peut affirmer, sans craindre d'être démenti, qu'il n'y a peut-être pas un seul correcteur dans les cent imprimeries de Paris qui ait fait de cet emploi le but prémédité de ses études ou de ses travaux antérieurs. C'est par accident qu'on devient correcteur.

Souvent, c'est un compositeur intelligent qu'une cause quelconque éloigne de sa casse et qui se consacre à la lecture des épreuves. Ce correcteur est d'ordinaire plus typographe que lettré : les études indispensables lui font défaut ; il n'a pas fait ses *humanités*, comme disaient nos pères. C'est à la correction des premières et à la revision des tierces qu'il excelle. Nous avons connu un vieux reviseur de tierces tellement habile que la *faute* semblait lui tirer l'œil ; il lui arrivait assez fréquemment de relever *sans lire* une coquille échappée à l'œil du correcteur *en bon*.

Ou bien c'est un jeune homme sans fortune, élevé au collège ou au séminaire. Ses études achevées, il s'est trouvé en face d'un problème terrible : vivre. Il a été d'abord maître d'étude ou régent dans un collège de l'Université ; quelquefois, s'il sort du séminaire, il s'est engagé imprudemment dans les ordres et a plus tard quitté la soutane. Ces deux déclassés se sont longtemps débattus avant de trouver un asile. La typographie leur a ouvert ses bras accueillants. Ils s'y sont jetés, et, pour la plupart, ils y restent, s'efforçant d'acquérir ce qui leur manque au point de vue du métier et apportant l'appoint de leurs études antérieures et de leurs connaissances, qui s'accroissent chaque jour.

Il y a encore le correcteur que l'on peut appeler *amateur*. C'est un étudiant peu fortuné ou un homme de lettres sans éditeur qui cherche passagèrement quelques ressources dans la lecture des épreuves. Il serait étonnant qu'il fût habile. Le correcteur femme existe aussi ; mais cette espèce, du reste très rare, n'apparaît jamais dans l'atelier typographique. On ne l'entrevoit qu'au bureau du patron ou du prote. Nous n'en parlerons pas... par galanterie.

Au point de vue du caractère, le correcteur n'est pas exempt de certains défauts, qu'on relève d'ailleurs avec assez d'amertume ; mais ces défauts, on doit les attribuer plutôt à sa situation qu'à la nature. Il ne faut pas oublier qu'il est presque toujours un déclassé : aussi semble-t-il juste d'excuser plus qu'on ne le fait les correcteurs auxquels on serait tenté de reprocher leur caractère maussade, quelquefois peu bienveillant, plutôt porté à la tristesse et à la misanthropie qu'à la gaieté. Encore une fois, il faut se souvenir qu'avant d'en venir là ils ont souffert de pénibles froissements, éprouvé de nombreuses déceptions et lutté contre le mauvais vouloir de certains typographes dont ils sont, comme on dit, la *bête noire*. On a même été jusqu'à prétendre que le compositeur et le correcteur sont ennemis-nés. Cela a-t-il jamais été vrai ? Il semble, en tout cas, qu'il n'en est plus ainsi aujourd'hui. Ce sont tout simplement deux compagnons attelés à un rude et incessant labeur.

Les occupations du correcteur et la tournure habituelle de son esprit le rendent tout à fait impropre aux opérations les plus simples de la vie usuelle, et le nombre est grand de ceux qui ont échoué dans les tentatives qu'ils ont faites pour se créer, dans un autre milieu, une situation indépendante. Nous avons connu un des correcteurs les plus distingués de Paris, auteur d'un petit ouvrage professionnel très répandu dans les imprimeries, qui, cédant aux désirs de sa femme, quitta son emploi pour aller habiter en province. Au bout d'un ou de deux ans, il s'aperçut qu'il avait commis une imprudence et chercha à se rapprocher de la grande ville. Un beau matin, il vint s'installer à Saint-Germain, lui, sa femme et ses filles, comptant sur une promesse qui lui avait été faite antérieurement par un imprimeur de cette ville de lui fournir du travail. Huit jours après son arrivée, il se rend à l'imprimerie, où il apprend que le maître imprimeur est mort depuis plus de six mois. La promesse sur laquelle il comptait lui avait été faite... sept ans auparavant, et il avait négligé de prendre de nouvelles informations. Il revint à Paris, suivi de sa femme et de ses grandes demoiselles, loua, sans y prendre garde, un appartement dans une rue mal famée ; en sorte que ces pauvres dames ne purent jamais sortir le soir. Il fut tout heureux alors de se voir accueilli par son ancien patron et de reprendre sa vie d'autrefois.

Notons en passant quelques types. En voici un assez curieux : c'est un petit homme légèrement obèse, dont la physionomie rappelle vaguement celle de Sainte-Beuve ; comme l'auteur des *Causeries du lundi*, il ne perd pas une ligne de sa taille. Il est instruit, correcteur expérimenté, mais irascible et pointilleux : il a fait le tour des imprimeries de Paris, traînant avec lui toute une bibliothèque. Au moindre mot il s'offense, tempête et finalement déménage.

Un autre est si amoureux de sa profession, si méticuleux, si rigide même, qu'il ne peut souffrir qu'une correction indiquée par lui soit omise. Il y a quelques années, il était correcteur en première à l'imprimerie C... Un jour, il ajouta une virgule que le correcteur en seconde fit enlever. Le corrigeur, trouvant là une occasion excellente de mettre les deux correcteurs aux prises, s'empressa d'informer le correcteur en première que son collègue avait frappé sa virgule d'ostracisme. Aussitôt notre homme prend feu, va trouver son voisin et défend sa correction ; l'autre maintient celle qu'il a indiquée. On discute, on s'emporte, et, comme toujours, on ne s'entend pas ; bref, on joue au naturel la scène de Vadius et de Trissotin. La victoire, nous devons le dire, est restée au correcteur en première, qui a suivi la feuille jusqu'au moment de la mise sous presse et qui ne l'a quittée qu'après le tirage. A-t-on idée d'un pareil héroïsme !

Un troisième, mort à quarante-cinq ans, avait l'air d'un vieillard. Père d'une nombreuse famille (seize ou dix-sept enfants), il se livrait à un travail surhumain. Pour se tenir éveillé, il prenait du café, auquel il mêlait de l'eau-de-vie. Celle-ci, finissant par former les deux tiers du breuvage, le tua. Il avait une rare intelligence, jointe à une grande facilité de travail. Nous lui avons vu apprendre le portugais en trois semaines, non de façon à le parler, mais suffisamment pour pouvoir corriger *en bon*. Il savait, en outre, le latin, le grec, l'anglais, l'italien et l'espagnol. Sur la fin, il était devenu morose.

Un autre affecte des allures populacières et une mise débraillée : il a le verbe haut, la faconde intarissable. Poète et chansonnier à ses heures, il fredonne tous les flonflons nouveaux. Il dédaigne le café et traite d'aristocrates les confrères qui y vont ; en revanche, il fréquente assidûment le *mastroc*, devant le comptoir duquel il trône et pérore volontiers. C'est le type du correcteur *poivreau*. On affirme autour de lui qu'il n'est jamais plus apte à chasser la coquille que lorsqu'il nage entre deux... vins. Cette assertion, est-il besoin de le dire ? ne doit être acceptée que sous bénéfice d'inventaire. Quoi qu'il en soit, grâce au *bonnet* et à la camaraderie, il ne chôme presque jamais.

Pour terminer, faisons le portrait d'un véritable original. C'est un individu aux larges épaules, à la voix de Stentor : quand il vous parle, on croirait qu'il veut vous avaler. Il n'est pas si méchant qu'il en a l'air. Il a joui d'une grande aisance aujourd'hui disparue. Entré récemment dans la profession, bien qu'il compte cinquante hivers, il a souvent l'air de tomber de la lune en présence des mille incidents de la vie d'atelier, nouvelle pour lui. Du reste, instruit, piocheur, il fait convenablement son travail. Le trait le plus curieux de son caractère, c'est que, trouvant tout mal ici-bas, il ne voit de bonheur vrai que dans un autre monde ; s'occupant peu de ce qui existe, il ne songe qu'à ce qui devrait être. On pourrait le nommer l'Absolu.

Parmi ceux qui ont exercé la profession de correcteur, on compte quelques hommes devenus célèbres. Les plus connus sont : Érasme, Froben, Amerbach, François Raphelenge, Lascaris, Calliergi, Musurus, Frédéric Sylburg, Rœderer, l'abbé de Bernis, Béranger, Armand Marrast, Dübner, Charles Müller, Auguste et Martin Bernard, P.-J. Proudhon et Pierre Leroux; Joseph Boulmier, etc.

On ne doit pas s'étonner de rencontrer un grand nombre de littérateurs parmi ces hommes qu'un labeur journalier met en perpétuel contact avec les écrivains de tout genre. Aussi, outre ceux que nous avons cités, et à un rang inférieur, on pourrait nommer encore des romanciers, des poètes et des journalistes.

En 1865, les correcteurs ont formé une Société qui a été approuvée en 1866.

Elle a pour but :

« 1° D'établir des liens de fraternité entre les correcteurs d'imprimerie au moyen de rapports plus fréquents et d'échange de bons offices ;

» 2° De faciliter le placement des sociétaires sans travail, et, après eux, des autres membres de la corporation ;

» 3° De créer une caisse de secours destinée à payer une indemnité journalière aux sociétaires atteints de maladies ou d'infirmités temporaires ;

» 4° De venir en aide à la veuve ou aux enfants du sociétaire décédé. »

Elle n'a pas édicté de Tarif.

Limitée aux imprimeries de Paris et de la banlieue, cette Société comprend dans son sein le tiers environ des correcteurs employés par la typographie parisienne.

Mais en voilà suffisamment sur ce sujet. Peut-être même nous accusera-t-on de nous y être attardé et d'avoir montré trop de prédilection pour une classe de travailleurs à laquelle nous nous faisons honneur d'appartenir.

Le *teneur de copie* est l'aide du correcteur en

première. Il suit sur le manuscrit, tandis que celui-ci lit à haute voix tout en corrigeant ; sa principale qualité doit être l'attention. C'est souvent un compositeur infirme ou un vieillard. Dans un grand nombre d'imprimeries, ce sont les apprentis qui *tiennent la copie*. Quelques correcteurs préfèrent *lire au pouce*, c'est-à-dire se passer de teneur de copie. Ce dernier est indispensable dans les journaux, où le travail doit être accompli avec une célérité prodigieuse.

DICTIONNAIRE

DE LA

LANGUE VERTE TYPOGRAPHIQUE

Pour le plus grand nombre de nos lecteurs, quelques-unes des expressions employées dans les pages qui précèdent peuvent être inintelligibles : nous allons donc les faire suivre d'un Dictionnaire de l'argot typographique.

Pour ceux qui ont pénétré dans l'antre de la Sibylle et qui comprennent la langue qu'on y parle, ce sera un ressouvenir qui, si nous en jugeons par le plaisir que nous éprouvons à l'écrire, ne manquera pas d'une certaine saveur :

Indocti discant, et ament meminisse periti.

Pour les autres, notre *Dictionnaire de la langue verte typographique* aura tout l'attrait de la nouveauté et tout le piquant de l'imprévu. Il leur permettra de saisir le sens d'expressions énergiques ou pittoresques dont plusieurs ont franchi les limites de l'imprimerie et se sont introduites dans la langue populaire.

A

Aller en Galilée, v. Remanier, remettre en *galée*. M. Ch. Sauvestre, qui, lui aussi, est un ancien *typo* devenu journaliste, nous signale cette expression pittoresque : « *Aller en Galilée*, dit-il, c'est faire des remaniements qui nécessitent le transport d'une page ou d'une portion de page du marbre, où elle était en forme, dans la galée, sur la casse. *Aller en Germanie* n'est rien, comparativement au guignon d'aller en Galilée. » *Galilée* est évidemment une corruption plaisante de *galée*.

Aller en Germanie, v. Remanier. Cette expression, d'allure si preste, s'applique pourtant, comme on voit, à une chose très désagréable pour le compositeur. Lorsqu'il a commis un bourdon ou un doublon et qu'il est forcé de remanier un long alinéa, on dit qu'*il va en Germanie*. Cette locution, récemment introduite dans quelques ateliers, vient-elle des nombreux *remaniements* que la Prusse a fait subir, depuis 1866, à la carte d'Allemagne, et même, hélas ! à la carte de France ?

Amphibie, s. m. Ouvrier typographe qui est en même temps imprimeur ou correcteur.

Article 4 (PAYER SON), v. Payer sa bienvenue en entrant dans un atelier.

Voici l'origine de cette expression. Dans le temps où les compositeurs portaient l'épée, chaque imprimerie formait une sorte de confrérie ou *chapelle*, régie par un règlement. Ce règlement stipulait le nombre d'exemplaires que les éditeurs et les auteurs devaient laisser à la chapelle. Ces exemplaires étaient vendus, et l'argent qu'on en retirait consacré à fêter la Saint-Jean-Porte-Latine et la Saint-Michel L'article 4 de ce règlement, le seul qui soit par tradition resté en vigueur, déterminait tous les droits dus par les typographes. On ajoute quelquefois, en parlant de l'*article* 4, les mots *verset* 20, qu'il faut traduire : « Versez vin. » || Dans le nord de la France, on dit : *Payer ses quatre heures* au lieu de *Payer son article* 4.

Attrapance, s. f. Vive dispute.

Attraper, v. a. Faire

des reproches, chercher noise à un compagnon dont on croit avoir à se plaindre.

Attrape-science, s. m. Nom ironique par lequel les ouvriers désignent quelquefois un apprenti compositeur. L'attrape-science est l'embryon du typographe ; la métamorphose demande trois à quatre ans pour s'accomplir ; vers seize ou dix-sept ans, la chrysalide est devenue papillon, et le gamin s'est fait ouvrier. A l'atelier, il a une certaine importance : c'est le factotum des compositeurs ; il va chercher le tabac et fait passer clandestinement la chopine ou le litre qui sera bu derrière un rang par quelque compositeur altéré. Il va chez les auteurs porter les épreuves et fait, en général, plus de courses que de *pâté*. Quand il a le temps, on lui fait ranger les interlignes ou trier quelque vieille fonte ; ou bien encore il est employé à tenir la copie au correcteur en première, besogne pour laquelle il montre d'ordinaire une grande répugnance. Parfois victime des *sortes* de l'atelier, il en est aussi le complice ou le metteur en œuvre. Il nous revient en mémoire une anecdote dont le héros fut un apprenti. Ses parents habitant dans un faubourg, notre aspirant Gutenberg apportait à l'atelier sa *fripe* quotidienne, dont faisait souvent partie une belle pomme. Le gaillard, qui était un gourmet, avait soin de la faire cuire en la plaçant sur un coin du poêle. Mais plus d'une fois, hélas ! avant d'être cuite, la pomme avait disparu, et notre apprenti faisait retentir les échos de ses plaintes amères : « Ma pomme ! on a chipé ma pomme ! » La chose s'étant renouvelée plus souvent que de raison, l'enfant s'avisa d'un moyen pour découvrir le voleur. Un beau jour, il apporta une maîtresse pomme qu'il mit cuire sur le poêle. Comme le gamin s'y attendait, elle disparut. Au moment où il criait à tue-tête : « On a chipé ma pomme ! » on vit un grand diable cracher avec dégoût; ses longues moustaches blondes étaient enduites d'un liquide noirâtre et gluant, et il avait la bouche remplie de ce même liquide. C'était le chipeur qui se trouvait pris à une ruse de l'apprenti : celui-ci avait creusé habilement l'intérieur de sa pomme et avait substitué adroitement à la partie enlevée un amalgame de colle de pâte, d'encre d'imprimerie, etc. L'amateur de pommes, devenu la risée de l'atelier, dut abandonner la place, et jamais sans doute il ne s'est frotté depuis à l'attrape-science.

Certains apprentis, vrais gamins de Paris, sont pétris de ruses et féconds en ressources. L'un d'eux, pour garder sa banque (car l'attrape-science reçoit une banque qui varie entre 1 fr. et 10 fr. par quinzaine), employa un moyen très blâmable à coup sûr, mais vraiment audacieux. Il avait eu beau prétendre qu'il ne gagnait rien, inventer chaque semaine de nouveaux trucs, feindre de nouveaux accidents, énumérer les nombreuses espaces fines qu'il avait cassées, les formes qu'il avait mises en pâte, rien n'avait réussi : la mère avait fait la sourde oreille, et refusait de le nourrir plus longtemps s'il ne rapportait son argent à la maison. Comment s'y prendre pour dîner et ne rien donner ? Un jour d'été qu'il passait sur le pont Neuf, une idée lumineuse surgit dans son esprit : il grimpe sur le parapet, puis se laisse choir comme par accident au beau milieu du fleuve, qui se referme sur lui. Les badauds accourent, un bateau se détache de la rive et le gamin est repêché. Comme il ne donne pas signe de vie, on le déshabille, on le frictionne, et quand il a repris ses sens, on le reconduit chez sa mère, à laquelle il laisse entendre que, de désespoir, il s'est jeté à l'eau. La brave femme ajouta foi au récit de son enfant, et jamais plus ne lui parla de banque. Le drôle avait spéculé sur la tendresse maternelle : il nageait comme un poisson et avait trompé par sa noyade simulée les badauds, ses sauveurs et sa mère. — Nous retrouverons cet attrape-science grandi et moribond à l'article LAPIN.

A l'Imprimerie Nationale, les apprentis sont désignés sous le nom d'*élèves*. Il en est de même dans quelques grandes maisons de la ville.

Avaro, s. m. Avanie, et aussi Accident. Nous orthographions ce mot à tout hasard. Quelle en est l'origine? Nous l'ignorons. Peut-être vient-il d'*avarie*.

B

Balade, s. f. « Promenade, flânerie, » dit Alfred Delvau. C'est vrai ; mais, pour les typographes, la *balade* est quelque chose de plus ; c'est une promenade au bout de laquelle il y a un déjeuner, un dîner, ou tout au moins un rafraîchissement; c'est aussi la promenade au hasard et sans but déterminé ; mais il arrive presque toujours que l'un des *baladeurs* a une idée lumineuse et entraîne ses camarades dans quelque guinguette renommée.

Balader (SE), v. pr. Flâner, se promener sans but déterminé.

Baladeur, adj. Qui aime à se balader, à faire une balade.

Balle (ENFANT DE LA), s. m. Ouvrier compositeur dont le père était lui-même typographe, et qui, depuis son enfance, a été élevé dans l'imprimerie. L'ori-

6

gine de cette expression, qui est passée dans la langue vulgaire, est assez peu connue. Elle vient de ce que, avant l'invention des rouleaux, on se servait, pour encrer les formes, de tampons ou *balles*.

Banque, s. f. Paye des ouvriers. Le prote fait la banque aux metteurs en pages, qui, à leur tour, la font aux paquetiers. Ce mot entre dans plusieurs locutions. Par exemple on dit : *La banque a fouaillé*, pour indiquer que le patron n'a pas payé au jour dit. || *Être bloqué à la banque*, c'est ne rien recevoir. || *Faire banque blèche* s'emploie dans le même sens.

Barbe, s. f. « La *barbe*, dit l'auteur de *Typographes et gens de lettres*, c'est ce moment heureux, ce moment fortuné, qui procure au malheureux une douce extase et lui fait oublier ses chagrins, ses tourments et sa casse ! Que ne trouve-t-on pas dans cette dive bouteille ? Pour tous, elle est un soulagement aux travaux ennuyeux; pour quelques-uns, un moyen de distraction ; d'autres y cherchent l'oubli, un certain nombre l'espérance. » La *barbe* a des degrés divers. Le *coup de feu* est la barbe commençante. Quand l'état d'ivresse est complet, la *barbe* est *simple ;* elle est *indigne* quand le sujet tombe sous la table, cas extrêmement rare. Il est certains *poivreaux* qui commettent la grave imprudence de *promener leur barbe* à l'atelier ; presque tous deviennent alors *pallasseurs*, surtout ceux qui sont taciturnes à l'état sec.

Barboter, v. a. Voler des sortes dans la casse de ses camarades. Se dit souvent à la place de FRICOTER et de PILLER.

Barboteur, s. m. Synonyme de FRICOTEUR et de PILLEUR DE BOÎTES.

Bardeau, s. m. Casseau contenant diverses sortes d'un même caractère.

Bassin, s. m. Homme ennuyeux. Ce mot appartient aussi à l'argot parisien et n'est pas spécial à la typographie : *Tais-toi, vieux bassin.* || On dit aussi BASSINOIRE.

Batiau, s. m. Le jour du *batiau* est celui où le compositeur fait son bordereau et arrête son compte de la semaine ou de la quinzaine. || *Parler batiau*, c'est parler des choses de sa profession, c'est-à-dire, pour les typographes, des choses de l'imprimerie.

Batt, adv. Très bien. Peu usité.

Battage, s. m. Plaisanterie, mensonge; synonyme de MONTAGE.

Batteur, s. m. Qui fait des mensonges, des battages.

Battre le briquet, v. Heurter la lettre au composteur avant de l'y laisser tomber. MM. les compositeurs ne sont pas exempts de tics dans l'accomplissement de leur tâche. Il en est de très préjudiciables à la rapidité du travail et conséquemment au gain qui en résulte. Quelques compositeurs mettent en mouvement tous leurs membres, tandis que le bras droit seul doit agir; d'autres s'y reprennent à deux fois pour saisir la lettre; d'autres piétinent; mais le défaut le plus commun est de *battre le briquet*.

Bê! bê! Cri d'appel, imitant le bêlement du mouton, que poussent, dans quelques ateliers, au coup de quatre heures, les imprimeurs et conducteurs altérés.

Bêcher, v. a. Dire du mal de quelqu'un; faire des cancans sur son compte. Ce mot, dont le sens est à peu près le même que celui de *Casser du sucre*, n'est pas particulier au langage des typographes, non plus que cette dernière expression.

Becqueter, v. a. Manger; synonyme de BOULOTTER.

Béquet, s. m. Hausse en papier que l'imprimeur ajoute à la mise en train ou place sous un cliché. ||

Composition de quelques lignes. Ce mot est emprunté au langage des cordonniers, pour lesquels il signifie Petit morceau de cuir joint à la semelle.

Bergère, s. f. Dans la langue typographique, comme dans les autres argots, ce mot désigne une femme.

Bibasse (LA), s. f. Nom familier sous lequel était désignée la Société typographique de Lyon.

Bibassier, s. m. Qui a l'habitude de boire, de *bibasser* (du latin *bibere*); ivrogne. Signifie plutôt maintenant radoteur, maussade, tatillon, gourgousseur : *Vieux bibassier, va !*

Bibelot, s. m. En imprimerie, on donne ce nom aux travaux de peu d'importance, tels que factures, adresses, étiquettes, prospectus, circulaires, lettres de mariage, billets de mort, etc. Ces travaux sont aussi appelés *bilboquets*, et mieux *ouvrages de ville.*

Bibelotier, s. m. C'est l'ouvrier spécial chargé de faire les *bibelots*. Pour lui, les règles adoptées en typographie sont lettre morte. Il doit avant tout s'assimiler et faire ressortir l'idée du client, sans s'inquiéter des règles ordinaires. Le *bibelotier* est le metteur en œuvre des puffistes et des charlatans du jour. Il est l'inventeur de ces réclames bizarres qui forcent l'attention ; c'est lui qui a imaginé la disposition des billets de la loterie du lingot d'or et autres *balançoires.*

Bibi (A), s. m. Expression équivalente à celle-ci : *A Charenton! Bibi* est ici l'abréviation de Bicêtre, asile d'aliénés pour les fous qui ne peuvent payer de pension. On envoie à *Bibi* ceux dont les *pallas* sont ou paraissent insensés.

Bilboquet, s. m. V. BIBELOT.

Blèche (FAIRE), v. Amener un coup nul au jeu des cadratins. || Par extension, *Faire banque blèche,* c'est ne pas toucher de banque. V. BANQUE.

Bloquer, v.a. Remplacer provisoirement un signe typographique dont on manque par un autre de même force. || Par extension, Manquer, faire défaut, faillir. *Bloquer le mastroquet,* c'est ne pas payer le marchand de vin.

Boche (TÊTE DE), s. f. Tête de bois. Ce terme est spécialement appliqué aux Belges et aux Allemands, parce qu'ils comprennent assez difficilement, dit-on, les explications des metteurs en pages, soit à cause du manque de vivacité intellectuelle, soit à cause de la connaissance imparfaite qu'ils ont de la langue française et de leur impardonnable ignorance de l'argot typographique.

Bœuf, s. m. Colère, mécontentement ; synonyme de CHÈVRE. V. ce mot. Ajoutons cependant que le *bœuf* est un degré de mécontentement plus accentué que la *chèvre.* Le *bœuf* est une *chèvre* à sa plus haute puissance. || *Gober, avoir son bœuf,* Être très contrarié, se mettre en colère.

Bœuf, s. m. Composition de quatre ou cinq lignes qu'un compagnon fait gratuitement pour son camarade momentanément absent. S'emploie presque exclusivement dans les journaux. On disait autrefois TOCAGE.

Boire de l'encre. C'est la situation fâcheuse à laquelle paraît réduit un *frère* qui, invité à prendre sa part d'une consommation, arrive quand la fiole a été vidée rubis sur l'ongle. Dans son désappointement, il ne manque pas de s'écrier : *Est-ce que vous croyez que je vais* BOIRE DE L'ENCRE ? Non, car on fait alors apporter une seconde fiole.

Boîte, s. f. Imprimerie, et particulièrement Mauvaise petite imprimerie. *C'est une boîte,* dit un vieux singe ; *il y a toujours mèche, mais hasard! au bout de la quinzaine, banque blèche.* || Casse.

Faire sa boîte, c'est distribuer dans sa casse. || *Pilleur de boîtes* ou *fricoteur*, Celui qui prend, à l'insu et au détriment de ses compagnons, et dans leurs casses, les sortes de caractères les plus courantes dans l'ouvrage qu'il compose, et qui manquent au pilleur ou qu'il a déjà employées. V. PLANQUER LES SORTES.

Bon, s. m. Épreuve sur laquelle l'auteur a écrit : *Bon à tirer*, c'est-à-dire *bon à imprimer*. Cette épreuve est lue une dernière fois, après l'auteur, par le correcteur *en seconde* ou *en bon*.

Bon (AVOIR DU), v. Avoir de la composition non portée sur son bordereau, et qu'on garde pour la compter à la prochaine banque. C'est le contraire du *salé*.

Bonhomme (FAIRE), v. Se dit, au jeu des cadratins, quand l'un d'eux, par un hasard inouï, reste debout. Ce coup merveilleux annule le coup de *blèche*.

Bonnet, s. m. Espèce de ligue offensive et défensive que forment quelques compositeurs employés depuis longtemps dans une maison, et qui ont tous, pour ainsi dire, la tête sous le même *bonnet*. Rien de moins fraternel que le *bonnet*. Il fait la pluie et le beau temps dans un atelier, distribue les mises en pages et les travaux les plus avantageux à ceux qui en font partie d'abord, et, s'il en reste, aux ouvriers plus récemment entrés qui ne lui inspirent pas de crainte. Le *bonnet* est tyrannique, injuste et égoïste, comme toute coterie. Il tend, Dieu merci ! à disparaître ; mais c'est une peste tenace.

Boulage, s. m. Rebuffade, refus.

Bouler, v. a. Refuser, mal accueillir, repousser.

Boulotter, v. intr. Manger. || *Aller boulotter*, c'est aller prendre son repas. Cette expression est commune à d'autres argots.

Bourdon, s. m. Omission d'un mot, d'un membre de phrase ou d'une phrase. Ces omissions exigent souvent un grand travail pour être mises à leur place quand la feuille est en pages et imposée dans les châssis. V. JACQUES (*Aller à* SAINT-), ALLER EN GALILÉE, EN GERMANIE.

Le bourdon défigure toujours le mot ou la phrase d'une façon plus ou moins complète. On raconte que la guerre de Russie, en 1812, fut occasionnée par un *bourdon*. Le rédacteur du *Journal de l'Empire*, en parlant d'Alexandre et de Napoléon, avait écrit : « L'union des deux empereurs dominera l'Europe. » Les lettres *i o n* furent omises, et la phrase devint celle-ci : « L'UN des deux empereurs dominera l'Europe. » L'autocrate russe ne voulut jamais croire à une faute typographique. Avouons-le tout bas, nous sommes de son avis; car trois lettres tombées au bout d'une ligne, c'est... phénoménal.

L'exemple suivant n'est que comique : il montre que le bourdon peut donner lieu quelquefois à de risibles quiproquos; nous copions textuellement une lettre adressée au directeur du *Grand Dictionnaire* :

« Monsieur, accoutumé à trouver dans votre encyclopédie tout ce que j'y cherche, je suis étonné de ne pas y voir figurer le mot *matrats*, qui est pourtant un mot français puisqu'il se trouve dans le fragment de *la Patrie* que je joins à ma lettre. Agréez, etc. »

Voici maintenant le passage du journal auquel il est fait allusion :

« La cérémonie était imposante. Toutes les notabilités y assistaient; on y remarquait notamment des militaires, des membres du clergé, des *matrats*, des industriels, etc. »

M. X*** ne s'était pas aperçu du bourdon d'une syllabe et s'était torturé l'esprit à chercher le sens de *matrats*, quand un peu de perspicacité lui eût permis de rétablir le mot si français de *magistrats*.

Bourdonniste, s. m. Celui qui fait habituellement des bourdons.

Bourreur de lignes, s. m. Ouvrier qui compose particulièrement des lignes pleines ou courantes, telles que celles des journaux, des labeurs, des brochures, etc. Se prend en bonne ou en mauvaise part. *Un bon bourreur de lignes* est celui qui compose habituellement et vite la ligne courante. Dire d'un ouvrier qu'il n'est qu'un *bourreur de lignes*, c'est dire qu'il n'est propre qu'à ce genre de besogne, qu'il ne pourrait faire ni titres, ni tableaux, ni d'autres travaux exigeant une parfaite connaissance du métier.

Bouteille à l'encre, s. f. Nom que l'on donne à l'imprimerie en général, à cause de la difficulté que présente la vérification des comptes, lorsque les corrections d'auteur sont nombreuses.

Briquet (BATTRE LE). V. BATTRE.

Briser, v. intr. Mettre bas, cesser le travail. Se dit particulièrement dans les commandites.

Brisure, s. f. Suspension momentanée de travail accordée aux compositeurs des journaux vers le milieu de leur besogne. *Au* Rappel, *la pige dure six heures avec une* BRISURE *d'une demi-heure à dix heures.* La *grande brisure* est la cessation définitive du travail, le journal étant achevé.

C

Cabot, s. m. Chien, et surtout Chien de petite taille. || Ce mot n'est pas particulier à l'argot typographique.

Cadratins, s. m. pl. Petits parallélipipèdes de même métal et de même force que les caractères d'imprimerie, mais moins hauts que les lettres de diverses sortes. Ils servent à renfoncer les lignes pour marquer les alinéas et portent sur une de leurs faces un, deux ou trois crans. || *Jeu des cadratins.* On joue avec ces petits prismes rectangulaires à peu près comme avec les dés à jouer. Les compositeurs qui calent s'amusent quelquefois à ce jeu sur le coin d'un marbre. Quand le joueur n'amène aucun point, on dit qu'il fait *blèche.* Il va sans dire que l'enjeu est toujours une chopine, un litre ou toute autre consommation.

Les typographes appellent aussi *cadratin* le chapeau de haute forme, désigné dans l'argot parisien sous le nom si juste et si pittoresque de *tuyau de poêle.*

Calance, s. f. Action de caler, état de celui qui cale.

Caler, v. intr. Rester sans ouvrage. Le typographe *cale* pour deux raisons : soit parce qu'il manque de copie, soit parce que les sortes font défaut; quand il n'a pas de dispositions au travail, il *flème.*

Caleur, s. m. Ouvrier qui n'a pas de travail. C'est à tort que B. Vinçard, qui s'intitule « typographiste », et avant lui Momoro, « le premier imprimeur de la Liberté », définissent le *caleur :* Celui qui est nonchalant ou ivrogne. En tout cas, le mot n'a plus aujourd'hui cette signification blessante.

Canard, s. m. Nom familier par lequel on désigne les journaux quotidiens, et quelquefois les autres publications périodiques. *Le Journal officiel* est un *canard, le Moniteur universel* est un *canard,* tout aussi bien que *le Journal des tailleurs* et que *le Moniteur de la cordonnerie* ou *le Bulletin des halles et marchés.*

Canardier, s. m. Compositeur d'un journal.

Caneton, s. m. Petit

canard, journal de peu d'importance. V. FEUILLE DE CHOU.

Canuler, v. a. Ennuyer, fatiguer.

Canuleur, adj. Ennuyeux, fatigant.

Caristade, s. f. Secours que l'on donne aux passants. V. PASSADE et ROULEUR.

Carton (DE). De peu de valeur. || *Correcteur, compositeur de carton,* Correcteur, compositeur inhabile. Cette expression est à peu près synonyme de MIE DE PAIN.

Casquer, v. intr. Payer plus souvent qu'à son tour : *Faire casquer un plâtre.* || Par extension, Taquiner.

Casse, s. f. Ensemble des deux compartiments qui contiennent les diverses sortes de lettres. La *casse* se divise en deux parties : le *bas de casse* et le *haut de casse;* la première renferme les lettres minuscules, les cadrats, les cadratins, les signes de ponctuation, etc.; la seconde, les majuscules, les petites capitales, les lettres accentuées, et diverses autres sortes moins usitées que celles du bas de casse. || Au figuré, *Fond de casse,* Reste d'une barbe de la veille.

Casseau, s. m. Espèce de casse dans laquelle on met des lettres de deux points, des fractions et autres signes. Les *casseaux* sont aussi des tiroirs munis de cassetins; enfin, on donne encore le nom de *casseau* à chacune des deux parties de la casse.

Casser sa pipe, v. Mourir. Cette expression est passée dans le langage du peuple parisien.

Cassetin, s. m. Subdivision de la casse, petit compartiment dans lequel on met chaque sorte de lettres ou signes typographiques.

C'est à cause des mouches. Réplique goguenarde que l'on fait à une question à laquelle on ne veut pas répondre. Un lundi après-midi, un frère gouailleur interpelle ainsi son camarade : *Eh! dis donc, com-*

pagnon, pourquoi n'es-tu pas venu à la boîte ce matin? L'autre répond par ce coq-à-l'âne : *C'est à cause des mouches.*

Chapelain, s. m. Celui des ouvriers qui tient les copies de chapelle. (B. Vinçard.) Inusité depuis que la chapelle n'existe plus.

Chapelle, s. f. Réunion des typographes employés dans la même imprimerie, et qui constituait une sorte de confrérie. Les *chapelles* n'existent plus.

Chercher la petite bête, v. Être trop minutieux dans le travail. C'est surtout aux correcteurs qu'on reproche de *chercher la petite bête.* Que ne leur reproche-t-on pas encore !

Cheveu, s. m. Travail qui offre des difficultés ou qui est ennuyeux et peu lucratif.

Cheveux (AVOIR MAL AUX), v. Avoir un mal de tête occasionné par des excès bachiques faits la veille.

Chèvre, s. f. Mécontentement, colère. || *Gober sa chèvre,* c'est s'irriter, se fâcher, poussé à bout par les plaisanteries de l'atelier ou pour toute autre cause. Cette expression est très ancienne. Molière l'emploie en un sens très voisin de celui qu'elle a aujourd'hui, dans *Sganarelle ou le Cocu imaginaire* (scène XII), pièce représentée en 1660 :

> D'un mari sur ce point j'approuve [le souci ;
> Mais c'est prendre la *chèvre* un [peu bien vite aussi.

Chevrotin, s. m. Irascible, toujours mécontent et grondeur. V. CHÈVRE.

Chien, s. m. Lettre tombée d'une forme ou qui se trouve sur le marbre au moment où l'on y dépose un châssis. Le *chien* fait *lever* le texte quand on desserre, en sorte qu'il est impossible de taquer sans écraser le caractère.

Chiens perdus ou bien **Chiens noyés,** s. m. pl. C'est ainsi que les journalistes désignent les *nouvelles diverses.* Le metteur en pages a besoin d'un *chien perdu* pour boucher un trou, quand les rédacteurs n'ont pas fourni assez de copie.

Chier dans le cassetin aux apostrophes, v. Cette phrase grossière et malséante peut se traduire en langage honnête par : Quitter le métier de typographe.

Chiper, v. a. Prendre de la lettre, des sortes ou des espaces, à son camarade. On dit aussi FRICOTER.

Chiquer des sortes, v. Synonyme de FRICOTER.

Chou pour chou (ALLER), v. Suivre exactement la copie imprimée. C'est l'équivalent de KIF-KIF.

Choux (ÊTRE DANS LES). Se dit, dans les journaux, par les compagnons qui, pour une cause ou pour l'autre, craignent de ne pas arriver à faire leur pige ; dans les maisons de labeur, lorsque, le jour du *batiau* approchant, on craint de ne pouvoir arriver à faire une banque moyenne.

Chouflic, s. m. Mauvais ouvrier. Expression employée dans d'autres argots.

Claquer, v. intr. Mourir. Ce mot n'est pas particulier aux typographes. Alfred Delvau, dans son *Dictionnaire*, l'attribue aux faubouriens. Il est aussi bien compris dans le centre de la ville qu'aux faubourgs.

Cliché, s. m. Réplique ou propos qui est toujours le même. || *Tirer son cliché*, c'est avoir toujours la même raison à objecter ou dire constamment la même chose.

Clous (PETITS), s. m. pl. Caractères d'imprimerie. || *Lever les petits clous*, c'est être typographe, paquetier.

Coloquinte (AVOIR UNE ARAIGNÉE DANS LA), v. Avoir le cerveau fêlé. V. HANNETON.

Commandite, s. f. Association d'ouvriers pour la composition d'un travail quelconque. Les grands journaux de Paris sont, à peu d'exceptions près, tous faits en commandite.

Il existe dans le public, à propos de la *commandite* typographique, une erreur qu'il importe de rectifier. Pour les uns, c'est le partage des bénéfices entre le patron et les ouvriers qu'il emploie ; pour d'autres, c'est l'annihilation même du patron, qui ne serait plus alors qu'un simple bailleur de fonds. La *commandite* n'est pas du tout cela. Un client apporte au bureau un journal quotidien à imprimer, par exemple ; le prix est débattu et fixé entre celui-ci et le maître imprimeur, ou plus ordinairement son prote, ce qui revient au même. Ce dernier désigne alors un certain nombre d'ouvriers pour exécuter le travail, seize à vingt pour les grands journaux, ou bien il charge l'un d'eux de réunir l'*équipe* nécessaire. Ces ouvriers élisent leur metteur en pages et se partagent chaque semaine la somme qui leur revient d'après le Tarif, en faisant toutefois un léger avantage au metteur. Voilà la *commandite*. Il y en a de deux sortes : la *commandite autoritaire* et *égalitaire* est celle au sein de laquelle chaque associé est *obligé* de faire un minimum de lignes déterminé, la somme gagnée étant ensuite partagée *également* entre tous les associés, et la *commandite au prorata*, dans laquelle chacun touche d'après le travail qu'il a fait. C'est la plus juste des deux et la plus humaine : les jeunes gens et les vieillards peuvent y trouver place ; les hommes dans la force de l'âge et de l'habileté n'y perdent rien.

Compagnon, s. m. Camarade de rang. Dans les ateliers, les rangs sont disposés pour deux compositeurs; chacun des deux est le compagnon de l'autre : *Dis donc, mon compagnon, prête-moi ta pointe.*

Compositrice, s. f. Jeune fille ou femme qui se livre au travail de la composition. Nous ne réveillerons pas ici la question tant de fois débattue du travail des femmes; nous ne rappellerons pas les discussions qui se sont élevées particulièrement à propos de la mesure prise par la Société typographique, qui interdit à ses membres les imprimeries où les femmes sont employées à la casse à un prix inférieur à celui fixé par le Tarif accepté. Contentons-nous de dire que nous sommes de l'avis de MM. les typographes qui, plus moraux que les moralistes, trouvent que la place de leurs femmes et de leurs filles est plutôt au foyer domestique qu'à l'atelier de composition, où le mélange des deux sexes entraîne ses suites ordinaires. — Quoi qu'il en soit, il existe des compositrices; nous devions en parler. MM. les philanthropes qui les emploient vont les recruter dans les ouvroirs, les orphelinats ou les écoles religieuses. Ces jeunes filles, en s'initiant tant bien que mal à l'art de Gutenberg, ne manquent pas de cueillir la fine fleur du langage de l'atelier et de devenir sous ce rapport de vraies *typotes*, comme elles se nomment entre elles. L'argot typographique ne tarde pas à se substituer à la langue maternelle; mais il en est de l'argot comme de l'ivrognerie : ce qui n'est qu'un défaut chez l'homme devient un vice chez la femme, et il peut en résulter pour elle plus d'un inconvénient. L'anecdote suivante en fournit un exemple : Un employé, joli garçon, courtisait pour le bon motif sa voisine, une compositrice blonde, un peu pâlotte (elles le sont toutes), qui demeurait chez ses parents. La jeune fille n'était point insensible aux attentions de son galant voisin. Un samedi matin, les deux jeunes gens se rencontrent dans l'escalier : « Bonjour, mademoiselle, dit le jeune homme en s'arrêtant; vous êtes bien pressée. — Je *file mon nœud* ce matin, répondit-elle; c'est aujourd'hui le *batiau*, et mon *metteur goberait son bœuf* si je prenais du *salé*. » Ayant dit, notre blonde disparaît.

Ahurissement de l'amoureux, qui vient d'épouser une Auvergnate à laquelle il apprend le français.

Nous avons dit plus haut que les typographes, en proscrivant les femmes de leurs ateliers, avaient surtout en vue la conservation des bonnes mœurs à laquelle nuit, comme chacun sait, la promiscuité des sexes. Ce qui suit ne démontre-t-il pas qu'ils n'ont pas tort? Un jour, ou plutôt un soir, une bande de *typos* en goguette faisait irruption dans une de ces maisons de barrière qu'on ne nomme pas. L'un d'eux, frappé de l'embonpoint plantureux d'une des nymphes du lieu, ne put retenir ce cri : « Quel porte-pages ! » La belle, qui avait été compositrice, peu flattée de l'observation du *frère*, lui répliqua aussitôt : « Possible ! mais tu peux te fouiller pour la distribution. » (Authentique.)

L'admission des femmes dans la typographie a eu un autre résultat fâcheux : elle a fait dégénérer l'art en métier. Pour s'en convaincre, il suffit d'examiner les ouvrages sortis des imprimeries où les femmes sont à peu près exclusivement employées.

Conscience, s. f. L'ensemble des ouvriers qui travaillent à la journée ou à l'heure, par opposition à ceux qui travaillent aux pièces.

Copie, s. f. Ce qui sert de modèle au compositeur. Elle est manuscrite ou imprimée ; la copie manuscrite est, on le comprend, payée un peu plus cher que la réimpression. || Au figuré, *Faire de la copie sur quelqu'un*, c'est dire du mal de lui, en médire.

Copie de chapelle, s. f. Exemplaire donné par l'auteur aux ouvriers. Ce mot est tombé en désuétude, les auteurs ne donnant plus d'exemplaire aux ouvriers, et les chapelles ayant cessé d'exister.

Coquilles, s. f. pl. Lettres mises pour d'autres, par manque d'attention.

Depuis longtemps nous

cherchons, inutilement hélas! l'étymologie du mot *coquille* dans son sens typographique. Après avoir compulsé, sans succès aucun, un grand nombre de dictionnaires et d'ouvrages spéciaux, nous avons pris le bon parti. « Vous y avez renoncé, » direz-vous. — Que vous nous connaissez mal! Nous avons *imaginé* une étymologie, nous souvenant à propos que *cheval* vient d'*equus* et *caillou* de *silex*. Voici notre trouvaille : parmi les diverses cérémonies qui accompagnaient le mariage chez les Romains, il y en avait une qui s'est perpétuée en notre pays jusqu'à nos jours (dans les campagnes du Perche, on appelle cela *danser la pochette rousse*). Après la célébration de l'union conjugale — ce que nous appellerions aujourd'hui la bénédiction nuptiale — le mari jetait à terre des noisettes et des noix que se disputaient les enfants, pour marquer qu'il renonçait désormais aux choses de peu d'importance, aux bagatelles, aux *étourderies*, en un mot. *Sparge, marite, nuces*, chante un berger de Virgile dans la huitième églogue. En cette circonstance, *nuces* devenait synonyme de *nugæ*. Or, de la *noix* à sa *coquille* il n'y a pas loin, on en conviendra. Substituez l'une à l'autre, et vous aurez pour le mot *coquille*, pris figurément, la signification « d'étourderie, faute commise par étourderie ». C'est précisément ce qu'on entend par ce mot dans le langage typographique. On nous accusera peut-être d'avoir usé d'un peu de subtilité et de dextérité pour arriver à notre but. Nous en conviendrons volontiers, à une condition : trouvez mieux, ou dites *Se non è vero, è...* — Ah! il y a aussi l'huître... et sa *coquille*. Dans ce cas, l'huître serait... Halte là! Par amour de la philologie, ne nous laissons pas entraîner à d'irrévérencieuses hypothèses.

On écrirait un volume avec les coquilles cocasses qui émaillent les ouvrages peu soignés, et notamment les journaux. Le compositeur fait des *coquilles* quand, en distribuant, il place dans un cassetin une lettre qui devrait se trouver dans un autre.

Nous pourrions citer un grand nombre de *coquilles;* contentons-nous de rappeler les suivantes :

— Un libraire avait fait imprimer un missel de son diocèse. Dans l'indication des rubriques se trouvait cette phrase, immédiatement avant l'élévation : *Ici le prêtre ôte sa calotte.* Dans le dernier mot, un *u* perfide vint prendre la place de l'*a*.

— Sieyès, trouvant dans une épreuve d'un discours justificatif de sa conduite politique les mots : « J'ai *abjuré* la République, » au lieu de : « J'ai *adjuré...,* » s'écria furieux : « L'imprimeur veut donc me faire guillotiner ! »

— *Le Moniteur universel* mit un jour dans la bouche de l'austère Guizot, parlant à la tribune : « Je suis à bout de mes *farces,* » pour : « Je suis à bout de mes *forces.* »

— A l'époque de la mort du prince Jérôme, les journaux annoncèrent sa maladie et les diverses phases qu'elle suivait. Un soir, le bulletin de *la Patrie* était ainsi conçu : « Un peu d'amélioration s'est manifesté dans l'état du prince. »

Et le lendemain :

« Le *vieux* persiste. »

Malheureuse *coquille !* d'ailleurs parfaitement explicable, puisque, dans la casse, le compartiment qui contient les *m* touche à celui des *v*. Le compositeur qui l'avait commise fut congédié, malgré ses protestations.

— Tout le monde a lu ces deux vers gracieux de Malherbe dans son ode à Dupérier sur la mort de sa fille :

Et rose elle a vécu ce que vivent [les roses,
L'espace d'un matin.

Malherbe avait d'abord écrit :

> Et *Rosette* a vécu...

Le typographe commit une *coquille* équivalant presque à un trait de génie :

> Et *rose elle* a vécu...

C'était substituer une métaphore charmante à une expression vulgaire. La version du typographe est restée.

— La coquille ne respecte rien : elle osa s'attaquer un jour à Racine. Nous avons relevé ce vers :

> Vous allez à l'*hôtel*, et moi j'y [cours, madame.

Mais ce n'est pas là une véritable *coquille*, puisque le mot tout entier est tronqué.

— Dans un volume de vers, on a laissé passer cette horrible *coquille :*

> J'aime à te voir, ô jeune fille,
> Détachant ta noire mantille
> De tes épaules de *catin*.

— Une gazette du XVIIIe siècle annonçait : « Le roi Louis XV est depuis huit jours au château de Fontainebleau ; hier, il s'est *pendu* dans la forêt. »

— Quand un compositeur a mis « professeur d'histoire à la halle » pour « professeur d'histoire à Halle », n'était-il pas convaincu de l'insuffisance d'instruction de MM. et de Mmes de la Halle ? Mais celui qui a écrit : « *Toit à porcs*, bâtiment destiné à loger les cochers (pour les cochons), » nous paraît avoir commis une grave irrévérence. Quant au facétieux typographe qui composa : « Les pompiers sont plantés sur tous les points du territoire (pour les pommiers », à quel immense incendie songeait-il ?

— Quelquefois la *coquille* a de l'esprit ; témoin les deux suivantes : « Les mots sont les *singes* de nos idées. »

— Alphonse Karr, dans un de ses moments de misanthropie, avait écrit sur son manuscrit : « La vertu doit avoir des *bornes*. » Le typographe lut et composa cette phrase étourdissante :

« La vertu doit avoir des *cornes.* »

— Un typographe s'avisa d'écrire un jour dans un titre : *les Jambes de Barbier*, en vertu sans doute de cette règle qu'un *j* remplace deux *i* ou un *ï*. Mais pourquoi un autre a-t-il écrit les *Chenilles* d'Adam Billaut, pour les *Chevilles* du poète menuisier de Nevers ? Passe encore si le poète eût été jardinier.

— Voici une coquille qu'on pourrait prendre pour une méchanceté. Un dictionnaire nouvellement mis entre les mains du public porte la définition qui suit :

AMPHITHÉATRE, s. m. Enceinte circulaire garnie de *gredins.*

— Et celle-ci qu'on a pu lire dans les *Petites Affiches :* « Belle *femme* à vendre ou à louer ; très productive si on la cultive bien, » ne dirait-on pas qu'elle vise au coq-à-l'âne égrillard ? Nous ne donnons pas le mot.

— Un journal de tribunaux a écrit : « Les juges, trouvant la faute légère, n'ont condamné le pauvre diable qu'à huit jours d'*empoisonnement.* » Cela fait rêver. A quelle peine l'eût-on condamné si la faute avait été grave ?

— On rencontre parfois des fautes qui ne sont plus de simples coquilles, mais de véritables *âneries :* Au lieu d'*Archipel de Cook*, un compositeur mit : *Archipel de 600 kilos.* Un autre, prenant cette recommandation de l'auteur : *Guillemetez tous les alinéas*, pour du texte, composa : *Guillotinez tous les aliénés.* Un troisième, à la *pêche au cachalot*, substitua la *pêche au chocolat.* Que voulait dire cet autre lorsqu'il composait : « Exploitation de vitriol et d'*obus ?* » Vous ne devineriez pas, je vais vous le dire ; lisez : « Exploitation de vitriol et d'*alun.* »

— Voici enfin une *Ode à la coquille*, due à nous ne savons quel poète, un typographe peut-être, ou plutôt un auteur mécontent.

Je vais chanter tous tes hauts faits,
Je veux dire tous tes forfaits,
Toi qu'à bon droit je qualifie
Fléau de la typographie.
S'agit-il d'un homme de *bien*,
Tu m'en fais un homme de *rien* ;
Fait-il quelque action in*signe*,
Ta malice la rend in*digne*,
Et, par toi, sa *capacité*
Se transforme en *rapacité*.
Que sur un vaisseau quelque prince
Visite nos ports en province,
D'un brave et fameux a*miral*,
Tu fais un fameux a*nimal*,
Et son émotion *visible*
Devient émotion *risible* ;
Un savant maître fait des *cours*,
Tu lui fais opérer des *tours* ;
Il parle du divin *Homère*,
O sacrilège ! on lit *Commère* ;
L'amphithéâtre et ses gr*adins*
Ne sont plus que d'affreux gr*edins*.
Le professeur cite Hérodote,
Tu dis : le professeur radote ;
Puis, s'il allait s'évanouir,
Tu le ferais s'é*panouir*.
Léonidas aux Thermopyles
Montre-t-il un beau dévoûment,
Horreur ! voilà que tu jubiles
En lui donnant le dévoîment.

Coule (ÊTRE A LA), v. Être bien au fait d'un travail, être rompu aux us et coutumes de l'imprimerie. Cette locution a passé dans d'autres argots.

Coup de feu, s. m. Ivresse commençante. V. BARBE.

Coupé (ÊTRE), v. Être sans argent.

Couper, v. intr. Tomber dans un piège, accepter comme vraie une assertion qui ne l'est pas ; croire à la véracité d'un récit plus ou moins vraisemblable : *Je ne coupe pas*, je n'en crois rien.

Crachoir (TENIR LE), v. Parler plus souvent qu'il ne faut, et quelquefois à tort et à travers ; faire l'orateur. Expression employée aussi dans le langage vulgaire.

Crampser ou **Crimpser**, v. intr. Mourir. Syn. de CLAQUER.

Cran, s. m. Entaillure faite à la lettre pour en distinguer le sens. || Au figuré, *Avoir son cran*, c'est *Avoir son bœuf* ou *sa chèvre*, mais à un degré moindre.

Crever, v. a. Débaucher, congédier : *Il a laissé sa copie en plan pendant deux jours, le prote l'a crevé.* || *Etre crevé à balle*, Être débauché d'une manière tout à fait définitive, sans espoir de rentrer.

Cuiller à pot, s. f.

Grand composteur : *Il se sert d'une cuiller à pot pour composer.*

Cuite, s. f. Ivresse complète. D'où peut venir ce mot ? Rappelons-nous que *Chauffer le four*, c'est boire beaucoup, s'enivrer. La *cuite* ne serait-elle pas tout naturellement le résultat du *four chauffé* et surchauffé ? V. TUITE.

Culotte (PRENDRE UNE), v. S'enivrer. || *Avoir une culotte*, Être ivre. Expression commune à d'autres argots. V. POIVREAU.

D

Débaucher, v. a. Congédier, renvoyer. || *Il a été débauché.* On l'a remercié, on l'a renvoyé de l'atelier.

Débinance, s. f. Action de débiner, de dire du mal de quelqu'un.

Débiner, v. Dénigrer, dire du mal de quelqu'un. N'est pas particulier au langage typographique.

Décartonner (SE), v. pr. S'affaiblir, devenir poitrinaire. Terme emprunté aux relieurs.

Dèche, s. f. Dénuement absolu. Employé dans d'autres argots.

Décognoir, s. m. Morceau de bois dur, long de 18 à 20 centimètres, aminci par un bout, employé pour chasser les coins avec lesquels on serre les formes. || Au fig., Nez. Pourquoi appelle-t-on un *gros nez* un décognoir ? Sans doute à cause de l'analogie de forme.

Deleatur, s. m. Signe ayant à peu près la forme d'un delta grec (δ), et par lequel on indique, dans la correction des épreuves, ce qui est à retrancher. Ce mot, qui est la troisième personne sing. du présent du subjonctif passif du verbe latin *delere*, effacer, signifie : *qu'il soit effacé.*

Derrière le poêle. V. IL N'Y EN A PAS !

Dessaler (SE), v. pr. S'acquitter, se mettre au pair, quand on a compté par avance une composition qui n'est pas faite. V. SALÉ.

Distribuer, v. intr. Mettre chaque lettre dans le cassetin qui lui est propre. || *Distribuer à la belge,* Distribuer cran dessus.

Doublon, s. m. Répétition du même mot, du même membre de phrase ou de la même phrase de la copie. Cette répétition, due au manque d'attention de l'ouvrier, a pour lui les mêmes inconvénients que le *bourdon* et exige souvent un remaniement.

Doublonniste, s. m. Compositeur qui fait habituellement des doublons.

Dur (ÊTRE DANS SON), v. Travailler avec une ardeur sans pareille. En général, c'est dans la semaine du *batiau*, quelques jours avant la remise du bordereau, que les ouvriers *sont dans leur dur.*

E

Élève, s. m. Apprenti. V. ATTRAPE-SCIENCE.

Embaucher, v. a. Admettre un compositeur dans un atelier.

Enquiller (s'), v. pr. Être embauché.

Envoler (s'), v. pr. Quitter l'atelier, seul ou en compagnie, pour aller faire une *balade.*

Épreuve, s. f. Première feuille imprimée, destinée aux correcteurs ou aux auteurs, pour qu'ils y indiquent les fautes commises par les compositeurs. On distingue l'*épreuve en première*, la *première d'auteur*, le *bon*, la *tierce* et la *revision.*

Équipe, s. f. Réunion d'ouvriers pour composer un journal quotidien. ||

Personnel nécessaire pour le fonctionnement d'une presse mécanique.

Étoffes, s. f. pl. Écart entre le prix de revient et le prix marqué sur la facture du client. Les étoffes sont, en général, de 50 à 60 pour 100. Elles sont destinées à couvrir les frais généraux, l'usure du matériel, l'intérêt du capital engagé, et le restant, plus faible qu'on ne croit en général, constitue le bénéfice réalisé.

Étouffer un perroquet, v. Expression pittoresque pour dire : *Boire un verre d'absinthe*, sans doute à cause de la couleur verte de ce funeste breuvage.

F

Faces (AVOIR DES), v. Avoir de l'argent, sans doute parce que la monnaie, qu'elle soit d'or ou de billon, porte le plus souvent l'effigie, la *face* d'un souverain.

Fade, s. m. Avoir son fade, c'est, dans une distribution de liqueurs ou de comestibles, être bien servi. || Dans d'autres argots, le même mot signifie Argent. *Avoir son fade* veut dire alors : Recevoir son compte.

Faire balai neuf, v. Changer de conduite..... quand celle qu'on a laisse à désirer. Il est rare que le *balai neuf* soit bien solide.

Faire chauffer de l'eau chaude. Expression ironique que l'on adresse au compagnon qui, restant longtemps penché sur le marbre pour corriger une composition chargée, semble y être *collé*. Un frère charitable lui propose alors de *faire chauffer de l'eau chaude*. Le *plâtre*, déjà mécontent de sa situation, *gobe* alors *un bœuf* pyramidal. Ce montage manque rarement son but et devient quelquefois l'occasion d'attrapances plus ou moins vives ; la victime, en effet, réplique souvent : « Imbécile, comment veux-tu faire *chauffer* de l'eau *chaude ?* » A cette réponse prévue, les rires augmentent... et le *bœuf* s'accroît.

Faire des parades, v. V. POSTICHE.

Faire des postiches, v. POSTICHE.

Faire de l'épate, v. Faire des embarras; affecter de grands airs, de grandes prétentions. Cette expression, fréquemment employée dans l'atelier typographique, vient sans doute du verbe *épater*, dans le sens de étonner, ébahir.

Feinte, s. f. Défaut qui résulte, dans une page de la feuille imprimée, d'une touche plus faible qu'elle ne l'est dans le reste de la feuille.

Feuille de chou, s. f. Petit journal de peu d'importance.

Flèche, s. f. Ligne droite tracée à l'encre sur une épreuve et conduisant de l'endroit à corriger à l'indication de la faute marquée à l'une des marges.

Les flèches ont pour but de rendre la correction plus claire ; elles produisent souvent le résultat opposé. On fera donc bien de s'en abstenir.

Flémard, adj. Atteint de cette maladie qu'on appelle la *flème*. Le *flémard* se distingue du paresseux en ce qu'il n'est atteint du vice de ce dernier que par intermittences.

Flème, s. f., sans doute altération du mot *flegme*. Paresse passagère. || *Avoir la flème*, c'est ne travailler qu'à contre-cœur. Cet état est fréquent dans tous les ateliers le lendemain des fêtes carillonnées ou non. Le mot — et surtout la chose — ne sont pas particuliers aux typographes.

Flémer, v. intr. Ne pas travailler ; flâner.

Fonctions (FAIRE DES), v. Distribuer, corriger ; aider spécialement un metteur en pages.

Fouailler, v. intr. Lâcher, reculer.

Frangin, s. m. Altération et synonyme du mot FRÈRE, pris au sens naturel. Cette expression est usitée dans d'autres argots parisiens.

Frère, s. m. Typographe qui fait partie de la Société typographique. Un *vrai frère* est aussi celui qui ne refuse jamais de prendre une *tasse*, et qui ne laisse jamais un autre *vrai frère* dans l'embarras.

Fricoter, v. a. Prendre des sortes dans la casse de ses compagnons ; synonyme de PILLER.

Fricoteur, s. m. Celui qui fricote, c'est-à-dire qui pille la casse de ses compagnons. Les fricoteurs sont heureusement assez rares.

Fripe, s. f. Nourriture. Ce mot est aussi employé dans le langage populaire.

Frusques, s. f. pl. Vêtements. Commun aux autres argots parisiens.

G

Gail, s. m. Cheval.

Galerie, s. f. Salle de composition, le plus ordinairement de forme rectangulaire. Les *rangs* sont placés perpendiculairement à chacun des grands côtés du rectangle. L'espace laissé libre au milieu est en partie occupé par les marbres.

Gober, v. a. Avoir de la sympathie pour : *C'est un bon compagnon, je le gobe.* || *Se gober,* Être infatué de sa personne.

Gosse, s. m. Gamin. Dans l'imprimerie, les *gosses* sont les apprentis ou les receveurs.

Gourgousser, v. intr. Se répandre en jérémiades, en récriminations de toute sorte et à propos de tout.

Gourgousseur, s. m. Celui qui gourgousse. Nous avons défini ce type dans la première partie de cette Étude.

Grain (ÉGRASER UN), v. Boire, s'enivrer.

Gras, s. m. Réprimande. || *Recevoir un gras*, Recevoir des reproches de la part du patron, du prote ou du metteur en pages, pour un manquement quelconque. On dit encore dans le même sens *savon* et *suif*. L'analogie est visible entre cette dernière expression et *gras*.

Les Allemands emploient un autre terme : Recevoir son hareng « *hæhring*. »

Grate, s. f. Abréviation de *gratification*. La journée des typographes, dans les ateliers de Paris, est de dix heures. Quand un ouvrage est pressé, le prote fait quelquefois travailler un ou plusieurs ouvriers en dehors des heures réglementaires ou les jours fériés. Ces heures supplémentaires donnent droit à une gratification que le Tarif fixe à 25 centimes par heure. C'est ce qu'on appelle la *grate*. Elle a été établie surtout en vue de provoquer le maître imprimeur à occuper le plus possible d'ouvriers. Il a, on le comprend, un moyen facile d'échapper à la gratification : c'est de mettre sur le même ouvrage un nombre d'hommes suffisant pour qu'il ne soit pas nécessaire d'avoir recours aux heures supplémentaires. Tous le feraient assurément, si trop souvent l'espace ne leur manquait.

Grebige ou **Grebiche**, s. f. Cette expression, usitée seulement dans quelques ateliers, au *Moniteur universel*, par exemple, désigne la ligne de pied qui contient le nom d'imprimerie suivi ou précédé d'un numéro d'ordre; c'est sans doute le nom même de celui qui fit cette petite innovation. Ex. :

PARIS. IMP. LAROUSSE. — 1072.

Guitare (AVOIR UNE SAUTERELLE DANS LA), v. Avoir le cerveau un peu détraqué. V. HANNETON.

H

H ! Exclamation ironique qui est employée dans une foule de circonstances. C'est l'abréviation du mot *hasard*, dont on se sert également. *H!* ou *hasard !* est employé ironiquement et par antiphrase pour dire qu'une chose arrive fréquemment. Un poivreau vient-il promener sa barbe à l'atelier, *H !* s'écrient ses confrères. Quelqu'un raconte-t-il une *sorte* un peu trop forte, son récit est accueilli par un *H!* très aspiré et fortement accentué.

Hanneton, s. m. Idée fixe et quelquefois saugrenue. || *Avoir un hanneton dans le plafond*, c'est avoir le cerveau un peu détraqué. On dit aussi, mais plus rarement, *Avoir une sauterelle dans la guitare* et *une araignée dans la coloquinte.*

Le *hanneton* le plus répandu parmi les typographes, c'est, nous l'avons déjà dit, la passion de l'art dramatique. Dans chaque compositeur, il y a un acteur. Ce *hanneton*-là, il ne faut ni le blâmer ni même plaisanter à son sujet ; car il tourne au profit de l'humanité. Combien de veuves, combien d'orphelins, combien de pauvres vieillards ou d'infirmes doivent au *hanneton* dramatique quelque bien-être et un adoucissement à leurs maux ! Mais il en est d'autres dont il est permis de rire. Ils sont si nombreux et si variés, qu'il serait impossible de les décrire ou même de les énumérer ; comme la fantaisie, ils échappent à toute analyse. On peut seulement en prendre quelques-uns sur le fait. Citons, par exemple, celui-ci : Un bon typographe, connu de tout Paris, d'humeur égale, de mœurs douces, avait le *hanneton* de l'improvisation. Quand il était pris d'un coup de feu, sa manie le talonnant, il improvisait des vers de toute mesure, de rimes plus ou moins riches, et quels vers! Mais la pièce était toujours pathétique et l'aventure tragique; il ne manquait jamais de terminer par un coup de poignard, à la suite duquel il s'étendait lourdement sur le parquet. Un jour qu'il avait improvisé de cette façon et qu'il était tombé mort au milieu de la galerie de composition, un *frère*, peu touché, se saisit d'une bouteille pleine d'eau et en versa le contenu sur la tête du pseudo-Pradel. Le pauvre poète se releva tout ruisselant et prétendit à juste raison que « la *sorte* était mauvaise ». C'est le *hanneton* le plus corsé que nous ayons rencontré, et on avouera qu'il frise le coup de marteau.

Un autre a le *hanneton* de l'agriculture : tout en composant, il rêve qu'il vit au milieu des champs; il soigne ses vergers, échenille ses arbres, émonde, sarcle, arrache, bêche, plante, récolte. Le *O rus, quando ego te aspiciam ?* d'Horace est sa devise. Parmi les livres, ceux qu'il préfère sont la *Maison rustique* et le *Parfait Jardinier*. Il a d'ailleurs réalisé en partie ses désirs. Sa conduite rangée lui a permis de faire quelques économies, et il a acquis, en dehors des fortifications, un terrain qu'il cultive ; malheureusement ce terrain, soumis à la servitude militaire, a été saccagé par le génie à l'approche du siège de Paris. Vous voyez d'ici la *chèvre !*

Un troisième a une singulière manie. Quand il se trouve un peu en barbe, il s'en va, et, s'arrêtant à un endroit convenable, *se parangonne* à l'angle d'un mur; puis, d'une voix caverneuse, il se contente de répéter de minute en minute : « Une voiture ! une voiture ! » jusqu'à ce qu'un passant charitable, comprenant son désir, ait fait approcher le véhicule demandé.

Autre *hanneton*. Celui-ci se croit malade, consulte les ouvrages de médecine et expérimente *in anima sua* les méthodes qu'il croit applicables à son affection. Nous l'avons vu se promener en plein soleil, au mois de juillet, la tête nue, et s'exposer à une insolation pour guérir des rhumatismes imaginaires.

Un de nos confrères, un correcteur celui-là, a le *hanneton* de la pêche à la ligne. Pour lui, le dimanche n'a été inventé qu'en vue de ce passe-temps innocent, et on le voit dès le matin de ce jour se diriger vers la Seine, muni de ses engins. Il passe là de longues heures, surveillant le bouchon indicateur. On ne dit pas qu'il ait jamais pris un poisson. En revanche, il a gagné à cet exercice,

Sur les humides bords des royaumes du Vent,

de nombreux rhumes de cerveau.

Hannetonné, adj. Atteint de cette maladie spéciale qu'on nomme *hanneton*. La définition donnée par Alfred Delvau n'est pas exacte. Pour lui, un *hannetonné* est un homme qui « se conduit comme un enfant ». Ce n'est pas cela : le *hannetonné* agit en vertu d'une idée fixe, et on sait que les enfants n'ont guère de ces idées-là.

Hareng, s. m. « Nom que donnent les imprimeurs aux compagnons qui font peu d'ouvrage. Ce nom vient de l'Allemagne. » (Momoro.) Cette expression n'est plus usitée. En Allemagne, ce mot est synonyme de GRAS ; on dit : *Il a reçu son hareng* (hæhring) pour : Il a reçu son savon, son suif, son *gras*. V. ce mot.

Hasard ! Expression elliptique et ironique qui peut se traduire par : *Cela arrive par hasard!* pour dire : *Cela arrive très fréquemment*. Aujourd'hui, on emploie plus souvent *H !*

Homme de bois, s. m. Dénomination ironique qui

sert à désigner un ouvrier en conscience ; il est corrigeur, homme de conscience ou chef de matériel. Se dit aujourd'hui à peu près exclusivement de celui qui fait les *fonctions* avec un metteur en pages.

I

Il n'y en a pas ! Réponse invariable du chef du matériel, du moins d'après le dire de MM. les paquetiers. Le chef du matériel est chargé, entre autres fonctions, de donner aux paquetiers la distribution et les sortes manquantes. On comprend qu'il soit assailli de tous côtés. On prétend que, d'aussi loin qu'il voit arriver vers lui un homme aux pièces, avant même que celui-ci ait ouvert la bouche, il s'empresse de répondre à une demande qui n'a pas encore été formulée par ce désolant : *Il n'y en a pas !* Dans quelques maisons, *Il n'y en a pas !* est remplacé par DERRIÈRE LE POÊLE !

Il pleut ! v. unipers. Exclamation par laquelle un compositeur avertit ses camarades de l'irruption intempestive dans la galerie du prote, du patron ou d'un étranger. Dans quelques maisons, *Il pleut !* est remplacé par *Vingt-deux*. Pourquoi *vingt-deux ?* On n'a jamais pu le savoir.

Index, s. m. Décision de la Chambre syndicale des ouvriers typographes qui interdit aux sociétaires de travailler dans telle ou telle maison, par suite d'infraction de la part du patron aux règlements acceptés. Les imprimeries *à l'index* sont celles où le travail n'est pas payé conformément au Tarif. Les ouvriers typographes qui consentent à y travailler sont désignés sous le nom de *sarrasins*.

Italique, adj. Penché, tortu. *Il a les jambes italiques*, il est bancal. Le sens de ce mot vient, sans contredit, du caractère dit *italique*, qui est penché.

J

Jacques (ALLER A Saint-), v. Faire des bourdons. « Un compositeur que l'on envoie à Saint-Jacques, dit Momoro, est un compositeur à qui l'on indique sur ses épreuves des remaniements à faire, parce que celui qui corrige les épreuves figure avec sa plume une espèce de bourdon aux endroits omis pour indiquer l'omission. » C'est sans aucun doute de cette grossière représentation de l'espèce de long bâton sur lequel s'appuyaient les pèlerins à Saint-Jacques-de-Compostelle que vient le mot BOURDON. Il faut ajouter que l'expression *Aller à Saint-Jacques* est actuellement presque inusitée. V. ALLER EN GALILÉE, EN GERMANIE.

Justification, s. f. Longueur de la ligne, variable suivant les formats. || Au figuré, *Prendre sa justification*, c'est prendre ses mesures pour faire quelque chose.

J'y fais. J'y consens, j'approuve. On dit *J'y fais* comme synonyme de *Je marche*. V. MARCHER.

K

Kif-kif. Expression qui vient des Arabes, importée assurément dans l'atelier par quelque zouave typographe. Dans le patois algérien, *kif-kif* signifie *sem-*

blable à : kif-kif bourico, semblable à un âne.

Les compositeurs l'emploient pour dire qu'une chose est la même qu'une autre : *C'est kif-kif*, c'est équivalent, c'est la même chose.

L

L'absinthe ne vaut rien après déjeuner. Locution peu usitée, que l'on peut traduire : *Il est désagréable, en revenant de prendre son repas, de trouver sur sa casse de la correction à exécuter.* Dans cette locution, on joue sur l'*absinthe*, considérée comme breuvage et comme plante. La plante possède une saveur *amère*. Avec quelle *amertume* le compagnon restauré, bien dispos, se voit obligé de se *coller* sur le marbre pour faire un travail non payé, au moment où il se proposait de pomper avec acharnement. Déjà, comme Perrette, il avait escompté cet après-dîner productif.

Lapin (MANGER UN), v. Aller à l'enterrement d'un camarade. Cette locution vient sans doute de ce que, à l'issue de la cérémonie funèbre, les assistants se réunissaient autrefois dans quelque restaurant avoisinant le cimetière et, en guise de repas des funérailles, mangeaient un lapin plus ou moins authentique. Cette coutume tend à disparaître ; aujourd'hui, le lapin est remplacé par un morceau de fromage ou de la charcuterie et quelques litres de vin.

Nous connaissons un compositeur philosophe, le meilleur garçon du monde, qui, à tort ou à raison, se croit atteint d'une maladie dont la terminaison lui paraît devoir être fatale et prochaine. Or, une chose surtout le chiffonnait : c'était la pensée attristante qu'il n'assisterait pas au repas de ses funérailles ; en un mot, qu'il ne *mangerait* pas *son* propre *lapin*. Aussi, l'automne dernier, par un beau dimanche lendemain de banque, lui et ses amis s'envolèrent vers le bas Meudon et s'abattirent dans une guinguette au bord de l'eau. On fit fête à la friture, au lapin et au vin bleu. Le repas, assaisonné de *sortes* et de bonne humeur, fut très gai, et le moins gai de tous ne fut pas le futur *macchabée*. N'est-ce pas gentil ça (1) ?

C'est jeudi. Il est midi ; une trentaine de personnes attendent à la porte de l'Hôtel-Dieu que l'heure de la visite aux parents ou aux amis malades ait sonné. Pénétrons avec l'une d'elles, un typographe, « dans l'asile de la souffrance ». Après avoir traversé une cour étroite, gravi un large escalier, respiré ces odeurs douceâtres et écœurantes qu'on ne trouve que dans les hôpitaux, nous entrons dans la salle Saint-Jean, et nous nous arrêtons au lit nº 35. Là gît un homme encore jeune, la figure hâve, les traits amaigris, râlant déjà. Dans quelques heures, la mort va le saisir ; c'est le faux noyé dont il a été question à l'article ATTRAPE-SCIENCE. Au bruit que fait le visiteur en s'approchant de son lit, le moribond tourne la tête, ébauche un sourire, et presse légèrement la main qui cherche la sienne. Aux paroles de consolation et d'espoir que murmure son ami, il répond en hochant la tête : « *N-i-ni*, c'est fini, mon vieux. Le docteur a dit que je ne passerais pas la journée. Ça m'ennuie... Je tâcherai d'aller jusqu'à demain soir... parce que les amis auraient ainsi samedi et dimanche pour boulotter mon *lapin*. » Cela ne vaut-

(1) Le typographe auquel il est fait allusion ici s'appelait Genty ; il est mort depuis que ces lignes ont été écrites.

il pas le *Plaudite !* de l'empereur Auguste, ou le « Baissez le rideau, la farce est jouée ! » de notre vieux Rabelais ?

Lardée, s. f. « Composition remplie d'italique et de romain. » (B. Vinçard.) Vieilli.

Larrons. V. VOLEURS, s. m. pl.

Lever les petits clous, v. Composer. Un bon *leveur* est un ouvrier qui compose habilement et vite.

Lézardes, s. f. Raies blanches produites dans la composition par la rencontre fortuite d'espaces placées les unes au-dessous des autres. On y remédie par des remaniements.

Lignard, s. m. Compositeur qui fait spécialement la ligne courante.

Lignes à voleur, s. f. pl. Lignes composées d'une syllabe ou d'un mot de trois ou quatre lettres qu'il était possible de faire entrer dans la ligne précédente en espaçant moins large. Les *lignes à voleur* sont faciles à reconnaître, et elles n'échappent guère à l'œil d'un correcteur exercé, qui les *casse* d'ordinaire impitoyablement. Les lignes étant comptées pleines, on conçoit l'intérêt du compositeur à n'avoir qu'un mot à mettre dans une ligne. Toutefois, c'est le fait d'ouvriers peu soigneux.

Lire, v. a. Indiquer sur une épreuve, à l'aide de signes particuliers, les fautes qu'on y découvre. *Lire* et *corriger* sont pour le correcteur des mots synonymes. || *Lire en première*, Corriger la première épreuve, celle qui est faite immédiatement après le travail du compositeur. || *Lire en seconde* ou *en bon*, Corriger l'épreuve déjà lue par l'auteur et sur laquelle il a écrit : *bon à tirer*. || *Lire au pouce*, Corriger en première sans l'aide d'un teneur de copie.

Loup, s. m. Créancier, et aussi la dette elle-même. || *Faire un loup*, c'est prendre à crédit, principalement chez le marchand de vin. Le jour de la banque, le créancier ou *loup* vient quelquefois guetter son débiteur (nous allions dire sa proie) à la sortie de l'atelier pour réclamer ce qui lui est dû. Quand la réclamation a lieu à l'atelier, ce qui est devenu très rare, les compositeurs donnent à leur camarade et au créancier une *roulance*, accompagnée des cris : *Au loup ! au loup !*

Loup-phoque, s. m. Celui qui est hannetonné. Ce mot a été nouvellement introduit dans l'atelier typographique. L'orthographe que nous donnons ici est-elle exacte ? Nous ne savons ; peut-être est-ce LOUPFOC ou LOUFOC.

Louvetier, s. m. Celui qui fait des dettes, qui a des *loups*. Ce terme est pris en mauvaise part, car le *typo* auquel on l'applique est considéré comme faisant trop bon marché de sa dignité.

M

Macabre, s. m. Un mort. Ce mot paraît venir de ces *danses macabres* que les artistes du moyen âge peignaient sur les murs des cimetières. La Mort conduisait ces chœurs funèbres. || On dit plus souvent MACCHABÉE.

Macchabée, s. m. Un mort. V. MACABRE.

Mal-nommés, s. m. pl. Nom que donnent par dénigrement les ouvriers aux pièces aux ouvriers *en conscience*.

Manuscrit belge, s. m Copie réimprimée. On a appelé de ce nom cette sorte de copie peut-être parce que les ouvriers belges, assez nombreux à Paris, ne pouvant autrefois déchiffrer la copie manuscrite, on ne leur donnait à composer que les réimpressions. Aujourd'hui, cette distinction a à peu près disparu.

Voici une autre explication de cette expression : en Belgique, il y a trente ans, les imprimeurs ne vivaient que de contrefaçons ; on ne composait donc jamais ou presque jamais chez eux que sur des livres. Voilà pourquoi, sans doute, on a donné le nom de *manuscrit belge* à toute copie imprimée. L'expression est alors plus fine, plus satirique que dans l'hypothèse précédente; elle raille spirituellement l'indélicatesse de nos voisins, qui se procuraient de la copie à trop bon marché.

Marcher, v. intr. Être de l'avis de quelqu'un. || *Je marche,* j'approuve.

Mariole, Mariol ou **Mariaule,** adj. Qui est tout à fait malin, difficile à tromper; se dit encore d'un ouvrier très capable.

Mariolisme, s. m. Qualité de celui qui est mariole, ou ce qu'il fait. Rare.

Marque - mal , s. m. Margeur, ou plutôt receveur de feuilles à la machine.

Marron, s. m. Ouvrier compositeur travaillant pour son propre compte chez un maître imprimeur, qui lui fournit le matériel et auquel il paye tant pour cent sur les étoffes.

Mastic, s. m. Discours confus et embrouillé. || *Faire un mastic*, c'est s'embrouiller dans les explications que l'on donne ; c'est quelquefois dire le contraire de ce que l'on voulait dire, commencer une phrase et ne pouvoir la terminer.

Mastroquet ou **Mastroc,** s. m. Marchand de vin.

Mèche (DEMANDER). Offrir ses services dans une imprimerie.

Michaud (FAIRE UN), v. Dormir un somme. Employé dans d'autres argots parisiens.

Mie de pain, s. f. Chose de peu d'importance, de mince valeur. || *Compositeur mie de pain,* ouvrier peu habile. || *Metteur en pages mie de pain,* Celui qui n'a que des ouvrages de peu d'importance, ou qui n'est chargé que par occasion de la mise en pages d'un travail de cette sorte.

Mince, adj. pris adverbialement. Beaucoup, sans doute par antiphrase. || *Il a mince la barbe,* Il est complètement ivre. Commun à plusieurs argots.

Mise-bas, s. f. Grève, cessation de travail dans un atelier. Les *mises-bas* ont lieu pour infraction au Tarif ou au règlement consenti par les patrons et les ouvriers.

Moine, s. m. Endroit sur une forme qui n'a pas été touché par le rouleau et qui, par suite, n'est pas imprimé sur la feuille.

Montage, s. m. Ensemble de pratiques ou de paroles qui ont pour but de faire croire à quelqu'un une chose qui n'existe pas, et surtout de le faire agir en vertu de cette fausse croyance. On dit aussi *montage de coup.* Cette plaisanterie est fréquente dans les ateliers ; mais le compagnon, « né malin, » ne *coupe* pas toujours.

Morasse, s. f. Épreuve faite à la brosse d'une page de journal avant le serrage définitif de la forme. || Se dit aussi des ouvriers qui restent pour corriger cette épreuve et qui attendent pour partir que le journal soit prêt à être mis sous presse, et aussi du temps pendant lequel ils attendent. *Morasse* vient d'un mot latin : *mora*, retard.

Mulet, s. m. Compositeur qui aide dans son travail un metteur en pages surchargé de besogne. Le *mulet* est en conscience ; son office reçoit encore le nom de *fonctions ;* il serre et desserre les formes, fait corriger les paquetiers, fait faire les épreuves et descend les formes aux machines.

Musique, s. f. Grande quantité de corrections indiquées sur la marge des pages, de telle sorte que l'épreuve a quelque analogie d'aspect avec une page de musique. || En un autre sens, Groupe de compositeurs qui calent fréquemment par suite de leur incapacité. On dit encore la PETITE MUSIQUE.

N

Naïf, s. m. Patron. *Le vieux pressier resta seul dans l'imprimerie dont le maître, autrement dit le naïf, venait de mourir.* (Balzac.) N'est plus guère usité ; aujourd'hui, on dit *le patron.*

O

On pave! Exclamation pittoresque qui exprime l'effroi d'un débiteur amené par hasard à passer dans une rue où se trouve un *loup*. Le *typo* débiteur fait alors un circuit pour éviter la rue où l'*on pave.*

Ours, s. m. Imprimeur ou pressier. *Ce Séchard était un ancien compagnon pressier que, dans leur argot typographique, les ouvriers chargés d'assembler les lettres appellent un ours.* (Balzac.) Cette expression a vieilli. V. SINGE.

Ours, s. m. Bavardage ennuyeux. || *Poser un ours,* Ennuyer par son bavardage insipide. Se dit d'un compagnon, peu disposé au travail, qui vient en déranger un autre sans que celui-ci puisse s'en débarrasser. Une *barbe* commençante se manifeste souvent de cette manière. Ce mot est récent dans ce sens.

P

Pacquelin, s. m. Pays natal. Mot emprunté à l'argot des voleurs. « Un suage est à maquiller la sorgue dans la tolle du ratichon du pacquelin... — Un coup est à faire, la nuit, dans la maison du curé du pays.... » (*Lettre d'un assassin à ses complices.*) C'est donc à tort que quelques-uns disent PATELIN.

Page blanche (ÊTRE), v. Être innocent de ce qui s'est fait. Cette locution s'emploie le plus souvent avec la négation : *Dans cette affaire, dit le prote, vous n'êtes pas page blanche*, c'est-à-dire Vous êtes complice, ou Vous y avez participé en quelque chose.

Pallas, s. m. Discours emphatique ou plutôt amphigourique. C'est sans doute par une réminiscence classique qu'on a emprunté ironiquement, pour désigner ce genre de discours, l'un des noms de la sage Minerve, déesse de l'éloquence. Que de *pallas* finissent par des *mastics !*

Pallasser, v. intr. Faire des phrases, discourir avec emphase.

Pallasseur, s. m. Celui qui a l'habitude de faire des phrases, des *pallas*.

Panama, s. m. Bévue énorme, dans la composition, l'imposition ou le tirage, et qui nécessite un carton ou un nouveau tirage, ce qui occasionne une perte plus ou moins considérable. D'où, chez le patron, *bœuf* pyramidal, qui se propage quelquefois de proche en proche jusqu'à l'apprenti.

Paquetier, s. m. Compositeur qui ne fait que des lignes qu'il met ensuite en paquets. || *Paquetier d'honneur*, c'est, dans certaines maisons, le premier paquetier d'un metteur en pages. Il ne manque jamais de copie..., et participe largement aux honneurs le jour où l'on arrose une réglette.

Parade, s. f. Synonyme de POSTICHE.

Parangonner, v. intr. Allier des caractères de force différente, de façon qu'ils s'alignent ensemble. || Au figuré, *Se parangonner*, c'est se consolider en s'appuyant ; s'arranger de façon à ne pas tomber, lorsqu'on se sent peu solide sur ses jambes.

Passade, s. f. Secours pécuniaire que les *passants* ont coutume d'aller demander et de recevoir dans les ateliers où l'on ne peut les embaucher. On dit aussi CARISTADE.

Passifs, s. m. Chaussures, souliers.

Et mes *passifs*, déjà veufs de se-[melle,
M'ont aujourd'hui planté là tout [à fait,

dit l'humoristique auteur de la chanson du *Rouleur*.

Pâte (METTRE EN), v. Laisser tomber sa composition ou sa distribution. Quelquefois une forme entière mal serrée est *mise en pâte* quand on la transporte. Remettre en casse les lettres tombées, c'est *faire du pâté*. || Par extension, on dit de quelqu'un *qu'il s'est mis en pâte*, quand il a fait une chute. *Être mis en pâte*, Recevoir dans une rixe quelque horion ou quelque blessure.

Pâté, s. m. Caractères mêlés et brouillés qu'on fait trier par les apprentis. || *Faire du pâté*, c'est distribuer ces sortes de caractères.

Pâté de veille, s. m. Collation que l'on fait dans les ateliers le premier jour des veillées. Hélas ! comme beaucoup d'autres coutumes, le *pâté de veille* tombe en désuétude.

Petit-qué, s. m. Le point-virgule ; il est ainsi nommé parce que ce signe (;) remplaçait autrefois le mot latin *que* dans les manuscrits et les premiers livres imprimés.

Piau, s. f. Conte, plaisanterie incroyable, menterie. || *Conter une piau,* c'est mentir, faire un conte invraisemblable. Nous ne connaissons pas l'origine de cette locution.

Piausser, v. intr. Dire des *piaux*, mentir.

Piausseur, adj. Qui conte des *piaux,* qui fait des mensonges.

Pige, s. f. Tâche que doivent faire, pour être admis à la commandite, les compositeurs de journaux. La pige est de 30, 35, 40 et 42 lignes à l'heure.

Piger la vignette, v. Regarder avec complaisance quelqu'un ou quelque chose de divertissant.

Piller, v. intr. Prendre des sortes dans la casse de ses compagnons. C'est voler.

Pilleur de boîtes, v. Celui qui pille la casse de ses camarades. V. FRICOTEUR.

Planquer des sortes, v. Cacher les lettres ou *sortes* qui entrent en grande quantité dans un travail en cours d'exécution. L'ouvrier qui *planque des sortes* cause un préjudice à tous ses compagnons, qui ne trouvent plus celles qui devraient être dans des casses ou *bardeaux* d'un usage commun.

Plâtre, s. m. Simple paquetier, et plus spécialement mauvais compositeur.

Pocher, v. intr. Prendre trop d'encre avec le rouleau et la mettre sur la forme sans l'avoir bien distribuée.

Pointu, s. m. et adj. Disposé à prendre les choses par leur mauvais côté, et, par suite, insociable, grincheux, désagréable. Ce travers n'est pas étranger aux typographes ; mais le mot n'appartient pas exclusivement à leur langue.

Poivreau, s. m. Ivrogne. Le mot *poivreau* tire évidemment son origine du *poivre,* que certains débitants de liquides ne craignent pas de mêler à l'eau-de-vie qu'ils vendent à leurs clients. Ils obtiennent ainsi un breuvage sans nom, capable d'enivrer un bœuf. Que d'anecdotes on pourrait raconter au sujet des *poivreaux!* Bornons-nous à la suivante : Un poivreau, que le « culte de Bacchus » a plongé dans la plus grande débine, se fit, un jour entre autres, renvoyer de son atelier. Par pitié pour son dénuement, ses camarades font entre eux une collecte et réunissent une petite somme qu'on lui remet pour qu'il puisse se procurer une blouse. C'était une grave imprudence ; notre *poivreau,* en effet, revient une heure après complètement ivre.

— Vous n'êtes pas honteux, lui dit le prote, de vous mettre dans un état pareil avec l'argent que l'on vous avait donné pour vous acheter un vêtement?

— Eh bien ! répond l'incorrigible ivrogne, j'ai pris une *culotte.*

Pomaquer, v. intr. Se faire prendre, se faire pincer. Mot à peu près tombé en désuétude.

Pompe (AVOIR DE LA), v. Avoir du travail en quantité suffisante.

Pomper, v. intr. Travailler avec une grande ardeur. Ce n'est pourtant pas la même chose qu'*être dans son dur;* c'est surtout travailler vite et pour peu de temps.

Porte-pages, s. m. Papier plié en plusieurs doubles, que l'on place sous les pages ou les paquets simplement liés, pour les transporter sans accident.

Poser un ours. V. OURS.

Postiche, s. f. Plaisanterie en paroles ou en actions, bonne ou mauvaise. || *Faire des postiches à quelqu'un,* Lui faire, lui dire des plaisanteries. Quelquefois *Faire une postiche,* c'est chercher noise, *attraper,* faire des reproches. On dit dans le même sens *Faire une parade.*

Prisonnier, s. m. Coin qui ne peut sortir ou qui force en sortant.

Prote, s. m. Chef d'une imprimerie. || *Prote à manchettes.* C'est le véritable prote ; il ne travaille pas manuellement ; son autorité est incontestée. Il représente le patron vis-à-vis des clients aussi bien que vis-à-vis des ouvriers. || *Prote à tablier*, Ouvrier qui, en prenant les fonctions de prote, ne cesse pas pour cela de travailler manuellement. || *Prote aux gosses*, Le plus grand des apprentis. || *Prote aux machines*, Conducteur qui a la haute main sur les autres conducteurs d'un même atelier.

Q

Quantès? Corruption de *Quand est-ce?* Lorsqu'un compositeur est nouvellement admis dans un atelier, on lui rappelle par cette interrogation qu'il doit payer son article 4; c'est pourquoi Payer son *quantès* est devenu synonyme de *Payer son article* 4. Cette locution est usitée dans d'autres professions.

Que t'ès. Riposte saugrenue que les compositeurs se renvoient à tour de rôle, quand l'un d'eux, en lisant ou en discourant, se sert d'un qualificatif prêtant au ridicule. Donnons un exemple pour nous faire mieux comprendre. Supposons que quelqu'un dans l'atelier lise cette phrase : « Sur la plage nous rencontrâmes un *sauvage*..., » un plaisant interrompt et s'écrie : *Que t'ès !* (sauvage que tu es !). C'est une scie assez peu spirituelle, qui se répète encore dans les galeries de composition plusieurs fois par jour.

R

Ranger, v. a. Mettre en pâte. Ce mot est employé ironiquement et par antiphrase. Lorsqu'un homme de conscience laisse échapper de ses mains un compartiment de casse, un paquet de distribution ou tout autre objet, les compagnons charitables ne manquent pas de s'écrier, en appuyant sur le dernier mot : *Ce n'est rien ; c'est la conscience qui* RANGE !

Rangs, s. m. pl. Tréteaux sur lesquels les casses sont placées. Un rang est disposé pour deux compositeurs.

Rebiffer, v. intr. Recommencer.

Réclame, s. f. Mot qui se mettait autrefois à la fin d'une feuille, dans la ligne de pied, et qui se répétait au commencement de la feuille suivante. || *Vérifier la réclame,* c'est s'assurer que la fin d'une feuille concorde bien avec le commencement de celle qui suit immédiatement. || Au figuré, Ce qui reste dans une bouteille après que chacun a eu sa part : *Ne t'en va pas, il y a la réclame,* c'est-à-dire : Il en reste encore un peu pour chacun de nous.

Reconnaissance, s. f. V. RÉGLETTE.

Registre (FAIRE LE), v. C'est, en imprimant la retiration, faire tomber exactement les pages l'une sur l'autre. || Au figuré, c'est verser le contenu d'une bouteille de façon que chacun ait exactement sa part.

Réglette, s. f. Petite lame de bois ou de métal, mince et plate, de la hauteur des cadrats, et qui sert à justifier les pages en longueur. || *Arroser la réglette.* Lorsqu'un paquetier passe metteur en pages, il manquerait à tous ses devoirs s'il ne régalait son équipe ; celle-ci, à son tour, fait une *reconnaissance,* c'est-à-dire paye la moitié (à revenir) de ce qu'a payé le nouveau metteur.

Renauder, v. intr. Murmurer, grommeler d'un air de mauvaise humeur ; souvent synonyme de GOURGOUSSER.

Retiration, s. f. Verso de la feuille à imprimer, quand on tire en blanc. || *Être en retiration,* c'est avoir atteint la cinquantaine.

Rien, synonyme de

BEAUCOUP. *Il est rien bête celui-là.* Cette expression saugrenue appartient plutôt à l'argot des margeurs et des receveurs qu'à celui des compositeurs. V. MINCE.

Ronchonner, v. intr. Murmurer, grommeler ; synonyme de GOURGOUSSER et de RENAUDER.

Ronchonneur, s. m. Celui qui ronchonne.

Roulance, s. f. Tapage assourdissant que les ouvriers d'un atelier font tous ensemble en frappant avec leurs composteurs sur leur galée ou sur les compartiments qui divisent les casses en cassetins, sur les taquoirs avec les marteaux, en même temps qu'ils frappent le sol avec les pieds. Quand un *sarrasin* pénètre dans une galerie, quand un compositeur est vu d'un mauvais œil, qu'il est ridicule, ou ivre, qu'il a émis une idée baroque et inacceptable, en un mot quand quelqu'un ou quelque chose leur déplaît, MM. les typographes le manifestent bruyamment par une *roulance.* Les *roulances* ne respectent rien : les protes, les patrons eux-mêmes, n'en sont pas à l'abri.

Rouler, v. intr. Aller d'imprimerie en imprimerie.

Rouleur, s. m. Ouvrier typographe qui *roule* d'imprimerie en imprimerie sans rester dans aucune, et qui, par suite de son inconduite et de sa paresse, est plutôt un mendiant qu'un ouvrier. Aucune corporation, croyons-nous, ne possède un type aussi fertile en singularités que celui dont nous allons essayer d'esquisser les principaux traits. Les *rouleurs* sont les juifs errants de la typographie, ou plutôt ils constituent cet ordre mendiant qui, ennemi juré de tout travail, trouve que vivre aux crochets d'autrui est la chose la plus naturelle du monde. Il en est même qui considèrent comme leur étant due la *caristade* que leur alloue la commisération. Nous ne leur assimilons pas, bien entendu, les camarades besogneux dont le dénuement ne peut être attribué à leur faute : à ceux-ci, chacun a le devoir de venir en aide, dignes qu'ils sont du plus grand intérêt.

Les *rouleurs* peuvent se diviser en deux catégories : ceux qui travaillent rarement, et ceux qui ne travaillent jamais. Des premiers nous dirons peu de chose : leur tempérament ne saurait leur permettre un long séjour dans la même maison ; mais enfin ils ne cherchent pas de préférence, pour offrir leurs services, les imprimeries où ils sont certains de ne pas être embauchés. Si l'on a besoin de monde là où ils se présentent, c'est une déveine, mais ils subissent la malchance sans trop récriminer. De plus, détail caractéristique, ils ont un *saint-jean*, ils sont possesseurs d'un peu de linge et comptent jusqu'à deux ou trois mouchoirs de rechange. Afin que leur bagage ne soit pour eux un trop grand embarras dans leurs pérégrinations réitérées, ils le portent sur le dos au moyen de ficelles, quelquefois renfermé dans ce sac de soldat qui, en style imagé, s'appelle *azor* ou *as de carreau*. Un des plus industrieux avait imaginé de se servir d'un tabouret qui, retenu aux reins par des bretelles, lui permettait d'accomplir allégrement les itinéraires qu'il s'imposait. Ce tabouret, s'il ne portait pas César, portait du moins sa fortune.

Mais passons à la seconde catégorie. Ceux-là ont une horreur telle du travail, que les imprimeries où ils soupçonnent qu'ils en trouveront peu ou prou leur font l'effet d'établissements pestilentiels ; aussi s'en éloignent-ils avec effroi, bien à tort souvent ; car le dehors de quelques-uns est de nature à préserver les protes de toute velléité d'embauchage à leur endroit. D'ailleurs, si les premiers ne se présentent pas souvent en toilette de cérémonie, les seconds, en revanche, exposent aux regards l'accoutrement le plus fantaisiste. C'est principalement l'article chaussure qui atteste la fécondité de leur imagination. L'anecdote suivante, qui est de la plus scrupuleuse exactitude, pourra en donner une idée: deux individus, venant s'assurer dans une maison de banlieue que l'ouvrage manquait complètement et toucher l'allocation qu'on accordait aux passagers, étaient, l'un chaussé d'une botte et d'un soulier napolitain, l'autre porteur de souliers de bal dont le satin jadis blanc avait dû contenir les doigts de quelque Berthe aux grands pieds. Des vestiges de rosette s'apercevaient encore sur ces débris souillés d'une élégance disparue.

Au physique, le *rouleur* n'a rien d'absolument rassurant. La paresse perpétuelle dans laquelle il vit l'a stigmatisé. Il pourrait poser pour le lazzarone napolitain, si poser n'était pas une occupation. Sa physionomie offre une particularité remarquable, due à la conversion en spiritueux d'une grande partie des collectes faites en sa faveur : c'est son nez rouge et boursouflé.

Lorsque, contre son attente, le *rouleur* est embauché, il n'est sorte de moyens qu'il n'emploie pour sortir de la souricière dans laquelle il s'est si malencontreusement fourvoyé : le plus souvent, il prétexte une grande fatigue et se retire en promettant de revenir le lendemain. Il serait superflu de dire qu'on ne le revoit plus.

Il est un de ces personnages qu'on avait surnommé le *roi des rouleurs*, et que connaissaient tous les compositeurs de France et de Navarre. Celui-là n'y allait pas par trente-six chemins. Au lieu de perdre son temps à de fastidieuses demandes d'occupation, il s'avançait carrément au milieu de la galerie, et, d'une voix qui ne trahissait aucune émotion, il prononçait ces paroles dignes d'être burinées sur l'airain : « Voyons! y a-t-il mèche ici de faire quelque chose pour un confrère nécessiteux? » Souvent une collecte au chapeau venait récompenser de sa hardiesse ce roi fainéant; souvent aussi ce cynisme était accueilli par des huées et des injures capables d'exaspérer tout autre qu'un *rouleur*. Mais cette espèce est peu sensible aux mortifications et n'a jamais fait montre d'un amour-propre exagéré.

Pour terminer, disons que le *rouleur* tend à disparaître et que le *typo* laborieux, si prompt à soulager les infortunes imméritées, réserve pour elles les deniers de ses caisses de secours, et se détourne avec dégoût du parasite sans pudeur, dont l'existence se passe à mendier quand il devrait produire. (UL. DELESTRE.)

Rupin, adj. Distingué, coquet, bien mis. N'est pas particulier à l'argot typographique. Quelques-uns disent RUPINOS.

S

Sabot, s. m. Boîte dans laquelle les compositeurs jettent les lettres usées et destinées à être refondues. || Par extension, Mauvais ouvrier. || Dans un autre sens, Petit chariot qui sert à transporter les formes.

Sac (AVOIR LE) ou **Être saqué**, v. Avoir de l'argent, être riche. || On dit encore dans le même sens : ÊTRE AU SAC.

Saint-jean, s. m. Ensemble des outils d'un compositeur. Ces outils, d'ailleurs peu nombreux, sont : le composteur de fer et le composteur de bois, les pinces, la pointe, aujourd'hui presque abandonnée, le visorium et la boîte à corrections. || *Prendre son saint-jean*, Quitter l'atelier.

Saint-Jean-Porte-Latine, s. f. Fête des typographes. Elle tombe le 6 mai ; mais elle n'est plus guère chômée.

Sainte-Touche, s. f. Jour de la banque. Cette expression, usitée presque exclusivement parmi les personnes attachées au Bureau, n'est pas particulière aux typographes ; elle appartient plutôt au langage des employés.

Sangsue (POSER UNE). Corriger sur le marbre pour un compagnon absent. Cette locution pittoresque rappelle la faculté que possède cette hirudinée de se fixer, de se *coller* à la peau de l'homme ou des animaux. Peut-être encore vient-elle de ce que certains corrigeurs comptent à leurs camarades plus de temps qu'ils n'en ont passé et jouent alors à l'égard de ceux-ci le rôle de *sangsues*.

Salé, s. m. Travail compté sur le bordereau et qui n'est pas terminé. Le compositeur qui *prend du salé* se fait payer d'avance une composition qu'il n'a pas faite encore qu'il ne comptera pas quand elle sera finie ; un metteur qui prend du *salé* compte des feuilles dont il a la copie ou la composition, mais qui ne sont pas mises en pages.

Le *salé* est, on le conçoit, interdit partout. On dit que *le salé fait boire*, parce qu'il n'encourage pas à travailler, et rien n'est plus juste ; en effet, le compagnon, sachant qu'il n'aura rien à toucher en achevant une composition comptée et qui lui a été payée, n'a pas de courage à la besogne. Loin d'être dans son dur, *il a la flème :* de là de fréquentes sorties ; de là aussi l'adage.

Sarrasin, s. m. Ouvrier qui travaille en mise-bas,

et, par extension, Compositeur qui ne fait pas partie de la Société typographique. Cette expression vient sans doute de ce que les Sarrasins sont des *infidèles*.

Sarrasinage, s. m. Action de sarrasiner.

Sarrasiner, v. intr. Faire le sarrasin.

Scie, s. f. Mystification; plaisanterie agaçante. N'est pas particulier au langage des typographes. || On appelait autrefois *scie*, dit Vinçard, ce qui sert à disposer les garnitures.

Sentinelles, s. f. pl. Lettres qui tombent d'une forme quand on la lève et qui se tiennent debout sur le marbre. || Dans un autre sens, on appelle *sentinelle* le verre de vin que viendra boire un peu plus tard un compagnon qui ne peut actuellement sortir. Aussitôt que cela sera possible, celui-ci *relèvera* la *sentinelle posée* et payée par son camarade.

Services, s. m. pl. Mot usité dans cette formule à peu près invariable du *typo* en quête de travail : *Monsieur, je viens vous offrir mes services pour la casse.*

Sibérie, s. f. Se dit de rangs situés à l'extrémité de la galerie et avec lesquels la chaleur n'a aucune espèce d'accointance. Dans quelques imprimeries, on donnait ce nom à un coin de l'atelier où les apprentis, personnages encombrants et plus spécialement affectés aux courses qu'à l'initiation de leur art, étaient relégués pour le tri du pâté. L'*attrape-science*, heureux de ne pas sentir là peser sur lui une surveillance constante, en profitait pour dévorer le moins de pâté possible et se livrer à toutes les malices que lui suggérait une imagination précoce. La bande joyeuse composait et jouait des drames inévitablement suivis de duels, où les épées, représentées par des réglettes, jonchaient de leurs débris le dessous des rangs. Mais tout, hélas! n'était pas rose pour nos *singes* en herbe, et plus d'une fois les jeux se terminèrent par de terribles catastrophes. L'un d'eux ayant un jour chipé chez ses parents un mirifique jeu de piquet, quatre apprentis joyeux, quoique gelant dans leur *Sibérie,* se mirent à battre bravement les cartes. Ils se les étaient à peine distribuées, qu'ils furent pris d'une panique soudaine bien justifiée. On venait d'entendre le frôlement d'une robe qui n'était autre que celle de la patronne, laquelle n'entendait pas raillerie. Le plus avisé, ramassant vivement les pièces accusatrices, les jeta dans sa casquette, dont il se coiffa non moins vivement. Il était temps! La patronne vit nos quatre gaillards acharnés après la besogne qui semblait fondre sous leurs doigts. Aussi leur adressa-t-elle des paroles éloquentes de satisfaction. Mais s'apercevant que l'un d'eux était couvert, et comme elle tenait au respect : « Dieu me pardonne, dit-elle, mais vous me parlez la casquette sur la tête. — Pardon, madame! » dit l'interpellé. Aussitôt le roi de pique, la dame de cœur et leur nombreuse cour dansèrent une sarabande effrénée et couvrirent le parquet, plus habitué à recevoir la visite de caractères en rupture de *casse* que celle de ces augustes personnages. Le jour même, nos quatre drôles avaient quitté la Sibérie et l'atelier. (Nous devons la définition de la *Sibérie* et les développements de cet article à M. Delestre, un des héros du drame... L'enfant promettait!)

Singe, s. m. Ouvrier typographe. Ce mot, qui n'est plus guère usité aujourd'hui et qui a été remplacé par l'appellation de *typo,* vient des mouvements que fait le typographe en travaillant, mouvements comparables à ceux du singe. Une opinion moins accréditée, et que nous rapportons ici sous toutes réserves, attribue cette désignation à la callosité que les compositeurs portent souvent à la partie inférieure et extérieure de la main droite. Cette callosité est due au frottement réitéré de la corde dont ils se servent pour lier leurs paquets.

« Les noms d'*ours* et de *singe* n'existent que depuis qu'on a fait la première édition de l'*Encyclopédie*, et c'est Richelet qui a donné le nom d'*ours* aux imprimeurs, parce qu'étant un jour dans l'imprimerie à examiner sur le banc de la presse les feuilles que l'on tirait, et s'étant approché de trop près de l'imprimeur qui tenait le barreau, ce dernier, en le tirant, attrape l'auteur qui était derrière lui et le renvoie, par une secousse violente et inattendue, à quelques pas de lui. De là, il a plu à l'auteur d'appeler les imprimeurs à la presse des *ours*, et aux imprimeurs à la presse d'appeler les compositeurs des *singes*. » (Momoro.) — Autrefois, MM. les typographes se qualifiaient pompeusement eux-mêmes du titre d'*hommes de lettres*, et MM. les imprimeurs de celui d'*hommes du barreau*.

Sonnettes, s. f. pl. Lettres ou mots mal justifiés qui tombent d'une forme qu'on lève de dessus le marbre. Les *sonnettes* diffèrent des *sentinelles* en ce qu'elles ne restent pas debout comme ces dernières.

Sorte, s. f. Quantité quelconque d'une même espèce de lettres. || Au figuré, Conte, plaisanterie, baliverne. || *Conter une sorte*, c'est narrer une histoire impossible, interminable, cocasse, et que tout le monde raconte à peu près dans les mêmes termes. Les *sortes* varient à l'infini ; en voici quelques exemples : « Oui, Bidaut, » est une réplique qui signifie : « Oui, oui, c'est bien, soit ; je n'en crois pas un mot. » — « Il paraît qu'il va passer sur le nouveau labeur : *le Rhinocéros*. On dit que ça fait au moins 400 feuilles in-144, en cinq mal au pouce, cran sur l'œil. » Ou bien encore : « Le prote va mettre en main l'*Histoire de la Chine* (1), dont la préface fera à elle seule 45 vol. in-12. » C'est une scie qu'on monte aux *nouveaux* pour leur faire croire que le travail abonde. On dit aussi : « Le pape est mort ! » quand on entend remuer l'argent de la banque, parce que ce bruit argentin rappelle celui des cloches qui annoncent la mort du pape.

Quand un compositeur veut rompre le silence monotone observé depuis quelque temps, il s'écrie : « Tu disais donc, Matéo, que cette femme t'aimait ? » comme s'il reprenait tout à coup un dialogue commencé.

Il y a aussi des *sortes* en action. Quand un compositeur n'est pas venu travailler, surtout le lundi, ses compagnons prennent sa blouse, la remplissent de maculatures, en font un mannequin qu'ils placent sur un tabouret devant sa casse, lui mettent en main un composteur et lui donnent l'attitude d'un compositeur dans son *dur*.

(1) Cette *sorte* rappelle un fait véritable : l'immensité des publications chinoises ; ainsi, d'après le *World*, le *Sec-Coo-Tswen-Choo* ne comprendra pas moins de 160,000 volumes.

C'est une encyclopédie dont le plan fut conçu à l'origine par l'empereur Kien-Long, vers le milieu du XVIIIe siècle, et dont l'exécution fut confiée par lui, vers 1773, à une commission de savants et d'érudits chargée d'en faire les compilations. Durant le siècle qui s'est écoulé, 78,716 volumes ont été publiés. De ce nombre, 7,353 tomes ont rapport à la théologie ; 2,152 traitent des quatre ouvrages classiques de la Chine et de la musique ; 21,626 sont historiques, et les 47,604 volumes restants traitent de la philosophie et des sciences.

Les souverains qui ont successivement régné sur le Céleste-Empire ont toujours été entourés de littérateurs, de collectionneurs et de lecteurs de livres.

L'empereur actuel possède une bibliothèque de 400,000 volumes et il a donné l'ordre de réunir tous les poèmes écrits sous l'une des dynasties, pour être publiés en 200 volumes.

L'épaisseur des ouvrages n'en fait pas le prix : les livres imprimés se vendent très bon marché en Chine. Ainsi, un ouvrage historique en 24 tomes coûte seulement de 0 fr. 80 à 4 francs.

« Quand un compositeur n'est pas matineux, dit l'auteur de *Typographes et gens de lettres,* ses compagnons, pendant son absence, lui font une *petite chapelle.* C'est l'assemblage de mille choses plus disparates les unes que les autres : blouses, vieux souliers, composteurs, galées, bouteilles vides, qu'on dispose artistement en trophée; puis on allume autour tous les bouts de chandelle que l'on peut trouver. »

Voici une autre *sorte* en action dont la victime s'est longtemps souvenue. C'était dans un atelier voisin du quai des Grands-Augustins. Il y a quelques années se trouvait sur ce quai le marché aux volailles connu sous le nom de la Vallée. Il arrivait parfois aux typographes de s'y égarer et d'acheter à la criée un lot de volailles : des poulets, des pigeons ou des oies. A l'atelier, on se partageait le lot acheté. Chacun contribuait au prorata de la dépense. On faisait des parts; mais ces parts ne pouvaient jamais être égales : il était impossible, en effet, de disséquer les volatiles. Force était donc de tirer au sort. Il arriva un jour qu'un jeune fiancé gagna à cette loterie d'un nouveau genre une oie superbe, une oie de 15 livres, une oie grasse, blanche et dodue. Joyeux, il l'enveloppe soigneusement dans une belle feuille de papier blanc, à laquelle il adjoint un journal du jour, puis une maculature. Il ficelle le tout et dépose précieusement le paquet sous son rang. Le soir arrive ; notre jeune homme se hâte d'endosser son paletot, prend son paquet sous le bras et court, tout empressé, chez les parents de sa fiancée. « Je viens dîner avec vous, » s'écrie-t-il. Puis, discrètement, avec un clignement d'yeux significatif, il remet à la ménagère son précieux fardeau; c'en était un véritablement.

On se met à table, on cause, on boit, on rit. La

ménagère, curieuse de faire connaissance avec le cadeau du fiancé, profite d'un moment pour s'esquiver. Elle revient bientôt après, le visage allongé, et s'assied à sa place en grommelant. L'amoureux *typo*, s'apercevant de la mauvaise humeur de sa future belle-mère, veut en connaître la cause. On l'emmène à la cuisine, et quelle n'est pas sa stupéfaction de voir son oie changée en tiges de bottes moisies, en vieilles savates et autres objets aussi peu appétissants. Un compagnon facétieux avait accompli la métamorphose. L'oie fut mangée le lendemain chez un marchand de vin du voisinage. Le fiancé, dit-on, fut de la fête.

Autre *sorte* en action, à laquelle ne manquent pas de se laisser prendre les novices. On a placé le long du mur, à une hauteur suffisante pour qu'il ne soit pas possible de voir ce qu'il contient, un sabot qui est censé vide. Le monteur de coup s'essaye à jeter une pièce de monnaie; mais il n'atteint jamais le but. Un *plâtre*, impatienté de sa maladresse et tout heureux de se distinguer, tire une pièce de deux sous de sa poche, et, après quelques tentatives, la loge dans le sabot. Il est tout heureux de son triomphe; mais il ne veut pas laisser sa pièce. Pour l'avoir, il se hausse sur la pointe des pieds, plonge ses doigts dans le sabot, et les retire remplis... comment dire? remplis d'ordure.

Il existe des milliers de *sortes* dont beaucoup sont très vieilles, et que la tradition a conservées jusqu'à nos jours.

Symbole (AVOIR, DEMANDER), v. Avoir, demander crédit. Cette expression nous paraît venir de celle-ci : *Passer devant la glace*. Comme on sait, *Passer devant la glace*, c'est payer au comptoir, derrière lequel se trouve d'ordinaire une glace. Dans cette glace, on y voit son portrait, son image, son *symbole*. Avoir *symbole*, c'est donc, par ellipse, avoir la permission de passer devant cette glace redoutée sans s'arrêter. On peut donner encore une autre étymologie : les pièces de monnaie portent sur une de leurs faces la représentation, le *symbole* d'un souverain quelconque, ou une autre figure. De là peut-être l'expression. Nous livrons ces conjectures à la sagacité de quelque Du Cange de l'avenir. Quelques-uns proposent une étymologie beaucoup plus simple et peut-être plus naturelle : *Symbole* est, dans un certain sens, synonyme de *Credo*, le Symbole des Apôtres. De *Credo* à *Crédit*, la distance est courte. Choisissez.

T

Tableau ! Exclamation par laquelle on exprime la surprise ou la joie maligne que l'on éprouve à la vue d'un accident risible arrivé à un ou à plusieurs de ses confrères.

Tableautier, s. m. Compositeur qui fait spécialement les tableaux, les ouvrages à filets et à chiffres.

Tablier (DROIT DE), s. m. Bienvenue payée par les apprentis à leur entrée dans l'atelier. Cette coutume est tombée en désuétude à Paris ; mais elle est encore pratiquée en province, et particulièrement dans le nord de la France.

Taconner, v. intr. Hausser une lettre ou un filet en frappant le pied à petits coups de marteau.

Taquer, v. intr. Frapper avec le marteau sur un morceau de bois nommé *taquoir*, pour égaliser le niveau des lettres d'une forme en baissant celles qui pourraient remonter. || Par ext. et au fig., Frapper quelques coups légers avec le composteur sur le bord de la casse, quand un compositeur conte une *piau*. C'est une façon de protester contre ce qu'il dit; c'est un diminutif de *roulance*.

Tasse, s. f. Verre, demi-setier. || *Allons prendre une tasse,* allons boire un verre.

Têtes de clou, s. f. pl. Vieux caractère usé, bon à mettre à la fonte.

Thomas. Nom générique sous lequel on désigne, dans quelques imprimeries de province, l'ouvrier typographe et spécialement le pressier. Il existe une pièce de théâtre qui a pour titre *Thomas l'imprimeur*.

Tirage, s. m. Action de tirer, d'imprimer. Les éditeurs donnent souvent le nom de *nouvelle édition* à ce qui n'est qu'un *nouveau tirage,* particulièrement quand l'ouvrage est cliché.

Tirer, v. intr. Mettre sous presse, imprimer. Ce mot, en ce sens, vient sans doute de l'opération nécessitée par l'impression au moyen des presses manuelles, opération dans laquelle l'imprimeur *tire,* en effet, le barreau.

Toc-toc, adj. Un peu toqué, hannetonné.

Toquade, s. f. Manie, dada, fantaisie, inclination. Ce mot, généralement usité dans le langage du peuple de Paris, a été introduit dans l'atelier typographique et ne paraît pas y être né.

Toquer, v. n. Remplacer momentanément. Ce mot est aujourd'hui à peu près inusité; on dit maintenant : *Faire un bœuf.* V. BŒUF.

Truc, s. m. Façon d'agir, bonne ou mauvaise; plus souvent synonyme de ruse, de tromperie : *Tu sais, mon vieux, je n'aime pas ces trucs-là.* Usité aussi dans d'autres argots. || *Piger le truc,* Découvrir la *ficelle,* la ruse. || *Rebiffer au truc,* Recommencer une chose déjà faite, à manger et à boire, par exemple.

Truelle, s. f. Composteur. Cette expression semblerait assimiler les *plâtres* à des maçons.

Truellée, s. f. Toute la composition que peut contenir un composteur.

Truquer, v. intr. Avoir recours à des trucs; tromper. Usité dans d'autres argots.

Tuite, s. f. Barbe complète. || *Prendre une tuite*, S'enivrer. Ce mot est sans aucun doute une altération de *pituite*, légère indisposition qui fait souvent regretter le lendemain les libations de la veille. D'autres prétendent que *tuite* est une altération de CUITE. V. ce mot.

Turbiner, v. intr. Travailler avec activité.

Typo, s. m. Typographe, dont il est l'abréviation. Il signifie exclusivement compositeur, et a remplacé la vieille dénomination de *singe*. Par imitation, les compositrices se qualifient de TYPOTES.

U

Urfe, adv. Très bien. Peu usité.

Urpinos, adj. Altération de RUPIN. Peu usité.

Ut. Premier mot d'une phrase latine, dont se servaient autrefois les typographes, en trinquant. Voici la phrase complète : *Ut tibi prosit meri potio!* « Que ce verre de vin pur te soit salutaire ! » Peu à peu la formule latine de ce souhait devint inintelligible pour la plupart; alors on l'abrégea, puis on se contenta du premier mot. Ne pourrait-on pas croire que l'expression moderne : *zut!* qui est, il est vrai, le contraire d'un souhait poli, en est une corruption?

V

Vignette, s. f. Visage. || *Piger la vignette,* Regarder. V. PIGER.

Violon, s. m. Grande galée en bois ou en métal.

Voleurs, s. m. pl. Morceaux de papier qui se trouvent collés aux feuilles durant l'impression (Vinçard), et qui produisent des *moines* sur la feuille imprimée. Momoro les appelle LARRONS.

LA

MUSE TYPOGRAPHIQUE

I

L'ART DES IMPRIMEURS

(Anonyme.)

Air : *Le Dieu des bonnes gens.*

Sur l'univers, maudit pour une pomme,
L'erreur, la nuit régnaient quand, tout à coup,
Un astre, éclos dans le cerveau d'un homme,
L'illumina d'un bout à l'autre bout.
Ce météore, aux quatre coins du monde,
Fut salué par d'immenses clameurs.
Depuis ce jour sa clarté nous inonde. } *bis.*
Gloire immortelle à l'art des imprimeurs ! }

Cet art divin, à la pensée humaine,
Créa soudain de larges ailes d'or ;
Puis, lui donnant l'infini pour domaine,
Rendit fécond son lumineux essor.
Grâces à lui, des travaux du génie
Le peuple un jour put goûter les primeurs
Et s'abreuver à sa source bénie. } *bis.*
Gloire immortelle à l'art des imprimeurs ! }

Il déchiffra les ténébreux grimoires
Que consultaient les sorciers des hameaux ;
Pour les dorer, il exhuma les gloires,
Pour les guérir, il dévoila les maux.
Par cette voix, au passé qui s'écroule,
Il a crié : « Ton règne est fini, meurs !
Meurs ! l'avenir devant tous se déroule. »
Gloire immortelle à l'art des imprimeurs ! } *bis.*

Gloire à cet art qui balaya la fange
Où croupissaient les peuples et les rois ;
Gloire à ses fils, à la noble phalange
Qui fit jaillir des éclairs de ses doigts !
Leurs nobles rangs, qu'un saint amour resserre,
Ont Béranger, le roi des gais rimeurs ;
Ils ont Franklin, qui vainquit le tonnerre.
Gloire immortelle à l'art des imprimeurs ! } *bis.*

Amis, cet art, c'est l'étoile des âmes,
C'est le levier qu'Archimède a rêvé.
Lorsque le monde a, sous l'assaut des lames,
Touché l'écueil, c'est lui qui l'a sauvé.
De cette nef, qu'un bon vent favorise,
Dieu nous a faits pilotes et rameurs.
Guidons sa proue à la terre promise.
Gloire immortelle à l'art des imprimeurs ! } *bis.*

II

LA TYPOGRAPHIENNE

(Anonyme.)

A nous gloire et fierté !
C'est à l'Imprimerie,
Reine de l'Industrie,
Que la mère Patrie
Doit ses beaux jours de liberté.

Entendez-vous au sein du monde
Mugir l'Industrie aux cent bras ?
Partout son écume féconde
Couvre le champ de ses combats ;
Dans ce bruit de forces froissées,
Où tant de mains, tant de marteaux
Donnent une âme aux durs métaux,
Nous donnons un corps aux pensées.
A nous gloire, etc.

Grâce à nous la pensée humaine,
Jour et nuit, devient sous nos doigts

Cette puissance souveraine
Qui soumet le Monde à ses lois.
Poussés par Dieu dans la carrière
Les hommes ne s'arrêtent pas ;
Du flambeau qui guide leurs pas,
Nous alimentons la lumière.
A nous gloire, etc.

L'Intelligence nous fait vivre ;
Sol vigoureux, plein de trésors,
Pour nous, chaque œuvre ou chaque livre
Est le pain de l'âme et du corps.
Ouvriers entraînant les autres
Dans nos rangs, tout progrès nouveau,
A peine échappé d'un cerveau,
Crée une phalange d'apôtres !
A nous gloire, etc.

O France ! de ta mâle histoire,
C'est nous qui gravons les hauts faits ;
De ton génie et de ta gloire
Nous multiplions les bienfaits.
Dans ton sein qu'un savant succombe,
La Mort ne frappe que sa main,
Et dans mille ans comme demain,
Notre art fera parler sa tombe.
A nous gloire, etc.

Dans cette éternelle conquête
Du travail sur l'œuvre de Dieu,
Deux fronts dominent notre tête,
Fronts purs étoilés en tout lieu.
Leur gloire qui sur nous rayonne
Est éclose à notre foyer,
Amis, Franklin et Béranger
Ont enrichi notre couronne.
A nous gloire, etc.

Gutenberg, au nom de la France
Où brillent les arts triomphants,
Reçois, vainqueur de l'Ignorance,
La prière de tes enfants :
O toi que le Monde proclame
Comme son second Créateur,
Viens, de ton esprit producteur,
Féconder nos mains et notre âme.
A nous gloire, etc.

III

A MON COMPOSTEUR

Par Éd. MARAUX

Musique de J. DUREY

Tu n'es point, ô mon composteur,
De ces gigantesques machines
Que le souffle de la vapeur
Fait mouvoir au sein des usines,
Ou lance, alertes messagers,
Hors des confins et des rivages
Qu'appelait du nom d'étrangers
La langue éteinte des vieux âges.

Mon outil qui m'est cher,
Les lignes que j'enferme
Dans tes parois de fer,
D'une main prompte et ferme,
Sont comme des sillons
Qui contiennent en germe
De fécondes moissons. (*bis.*)

Lorsque dans ses brillants palais
L'Industrie en ses jours de fêtes,

Pour de pacifiques congrès
Dresse l'état de ses conquêtes,
Éblouis-tu chaque regard
Par ton éclat ou ta stature ?
Non, simple et restant à l'écart,
Un court espace te mesure.

Mon outil, etc.

Si l'on voit les plus durs métaux,
Se tordant sur leur lit de braise,
S'assouplir au choc des marteaux
Ou se fondre dans la fournaise ;
Sans déployer de tels efforts,
Sans tant de peine dépensée,
Tu sais, en lui créant un corps,
Donner la vie à la pensée.

Mon outil, etc.

Tu ne fais point, triste destin,
Comme les instruments de guerre,
Couler à flots le sang humain
Au sombre bruit de ton tonnerre ;
Lorsque tu te charges de plomb,
Aux abus tu livres bataille,
Et leur incrustes dans le front
Le cachet noir de ta mitraille.

Mon outil, etc.

Pourquoi faut-il que sur ton flanc
Un spectre à la face ridée,
Le chômage, hélas ! trop souvent
Souffle son haleine oxydée ?
Sans le souci du lendemain,
Un jour, le cœur libre de peine,
Ne pourrons-nous dire à la faim :
Va, nous avons brisé ta chaîne !

Mon outil, etc.

IV

LE COMPOSITEUR TYPOGRAPHE

Par Toussaint MICHEL
Musique de Léo MARESSE

Faire et défaire
Est mon affaire,
Et toujours le compositeur
Sait aligner son caractère
Suivant le goût de son auteur.

Prendre des lettres dans la casse,
Puis avec ordre disposer
Les mots, les lignes à leur place,
C'est ce qu'on nomme composer.
Quand l'ouvrage a passé sous presse,
Il m'est rendu par l'imprimeur.
A le défaire je m'empresse
Et j'en fais un nouveau labeur.

Faire et défaire, etc.

Mon emploi me rend l'interprète
De toutes les opinions.

Sitôt que la copie est prête,
Moi, j'entre dans mes fonctions.
De l'erreur je suis la bannière
Autant que de la vérité :
Avec l'un je fais la lumière,
Avec l'autre l'obscurité.

Faire et défaire, etc.

Je ne connais que ma copie,
Et pour le mal et pour le bien.
Je suis dévot, je suis impie ;
Je crois tout et je ne crois rien.
Suivant la couleur de l'ouvrage,
J'affirme blanc, j'affirme noir ;
Le matin je tiens un langage,
J'en tiens un tout autre le soir.

Faire et défaire, etc.

Mon humeur fait la pirouette :
Je suis triste, je suis joyeux ;
Je suis prosateur ou poète,
Je suis chaste ou licencieux.
Tantôt grave et tantôt comique,
Je voltige d'un pied léger.
Souvent la lettre d'un cantique
Sert à composer Béranger.

Faire et défaire, etc.

On dit que tel auteur radote.
Pour moi, loin de m'en alarmer,
J'applaudis fort à sa marotte
Quand il vient se faire imprimer.
L'ouvrage le plus excentrique
Peut toujours être utilisé,
Et maint emploi le revendique
Aussitôt qu'il est imprimé.

Faire et défaire, etc.

En guise de choses nouvelles,
Que de gens réchauffent du vieux !
On voit tourner bien des cervelles,
Et ce n'est pas pour faire mieux.
Aucun ne peut rester en place :
On change sans savoir pourquoi ;
Mais moi, quand je fais volte-face,
Du moins je suis dans mon emploi.

Faire et défaire
Est mon affaire,
Et toujours le compositeur
Sait aligner son caractère
Suivant le goût de son auteur.

V

LE ROULEUR

Par Ulysse DELESTRE.

AIR : *le Vieux Cheik.*

« Mes *frusques* m'ont toutes cherché querelle ;
Je n'ai plus rien, ni *grimpant* ni gilet,
Et mes *passifs*, déjà veufs de semelle,
M'ont aujourd'hui planté là tout à fait. »
Ainsi parlait un typo... dont la *dèche*
Eût fait frémir don César de Bazan ;
Il s'en allait à Corbeil chercher *mèche*,
Un vieux mouchoir contenait son *saint-jean*.
Oh ! Dieu du ciel, qui devines sa *flème !*
Daigne, Seigneur, le devancer là-bas ;
Inspire au prote un *boulage* quand même,
Ah ! par pitié, fais qu'on n'embauche pas ! (*bis.*)

AIR : *l'Honneur et l'Argent.*

Mais le rouleur est las, et la nuit est venue ;
La grande question est de pouvoir *percher*.

Un marronnier soudain vint s'offrir à sa vue :
« Un *pieu* là, dit-il, n'est pas à dédaigner !
Je ne puis en ce lieu subir aucune perte :
Je ne redoute rien que la *rousse* ou le vent,
Que la *rousse* ou le vent,
Et je puis fort bien là dormir la porte ouverte.
Je n'ai pas le frisson que procure l'argent. » } *bis.*

AIR : *les Deux Gendarmes.*

La soif le talonnait, sans doute ;
Il ne fit pas un long séjour.
Bientôt il se remit en route
Sans attendre le point du jour.
Mais un garde, faisant sa ronde,
Croit reconnaître un maraudeur,
Et, peu sensible à sa faconde,
Il arrête notre rouleur. } *bis.*

AIR : *Rose des champs.*

« Que faisiez-vous dans ce lieu solitaire ?
Vouliez-vous donc pincer quelque lapin ?
— Mais point du tout, ô garde débonnaire,
Ce que je cherche est un marchand de vin...
Qui fasse l'*œil*, car, ô douleur amère,
Je n'ai plus rien qu'on puisse hypothéquer,
Et mon gosier de plus en plus s'altère.
Vais-je mourir faute de m'arroser ? (*bis.*)

AIR : *Ne pleure plus, Vierge de France.*

— Ne pleure plus, *poivreau*, mon frère,
Dit le garde, vieux biberon ;
Un peu de patience, espère ;
Je vais t'indiquer un *bouchon.*
Mais ta raison déjà s'égare.
Oh ! par ma foi, c'est trop souffrir !
Devant nous, je vois une mare ;
Tu vas pouvoir te rafraîchir.
— Oh ! trois fois anathème
Sur ce liquide plat !
Crois-moi, restons-en là, (*bis.*)
Par pitié, si tu m'aimes,
Si tu m'aimes. »

AIR : *la Mère Michel.*

Le garde et le rouleur s'étant si bien compris,
Bras dessus, bras dessous, dirent en vrais amis :
« Je m'en vais à Corbeil, emboîte-moi le pas.
Non... le garde demeur', mais il ne se rend pas ! »
Sur l'air du tra la la la, etc.

AIR : *le Papa de Nicette.*

A Corbeil, la besogne
N'allait pas un grand train,

Mais le rouleur ivrogne
N'en fut pas très chagrin.
Il prit son air maussade,
Mais fut très satisfait
En touchant la *passade*,
Tout bas il se disait :
« Ah ! ah ! ah ! ah !
Ah ! les daims que voilà !
Si l'on m'avait embauché là,
J'aurais été malade.
Tant qu' la mèr' des *couillets* vivra,
Le *mariol* boulott'ra. »

VI

LE CORRECTEUR ET LE TENEUR DE COPIE

Par LEGRAIN

Air : *Dans un grénier qu'on est bien à vingt ans.*

Un correcteur sur certaines épreuves
Avec amour chaque faute indiquait.
Or, sous sa plume, elles n'étaient point veuves :
De tous côtés la marge s'emplissait.
« Lis donc ! » dit-il au teneur de copie.
Un ronflement répond ; il dit plus bas :
« Ta tête grise en paix s'est assoupie,
Mon pauvre vieux, ne te réveille pas !

Songeant peut-être aux jours de ta jeunesse,
Jours d'espérance et de déceptions,
Tu te revois, oubliant ta détresse,
Au temps passé de tes illusions.
Chaque journée amenait un déboire :
Qui veut monter souvent retombe en bas...
En ce moment, si tu rêves de gloire,
Mon pauvre vieux, ne te réveille pas !

Mais sur ta lèvre apparaît un sourire :
Est-ce un roman dont le style plaira ?
Quelque sonnet dont on ne peut médire,
Un long poème, un sujet d'opéra ?
D'Oreste enfin retraçant les furies,
Tu fais le drame, et l'on ne siffle pas !
On applaudit, on pleure... aux galeries :
Mon pauvre vieux, ne te réveille pas !

Car ici-bas n'est pas qui veut prophète ;
On te siffla... Tu dus faire un métier.
En notre état, l'usage est qu'un poète
Fera toujours un méchant ouvrier :
Censurant tout dans ton humeur chagrine
De nos grands noms tu fais un faible cas ;
Tu blâmerais les vers de Lamartine...
Mon pauvre vieux, ne te réveille pas !

Repose, ami ; mais demain nos familles
Crîraient la faim... terminons ce labeur. »
Et derechef il marquait des *coquilles*
Quand un *bourdon* excite sa fureur !
Au cri qu'il pousse, empoignant l'écritoire,
Le vieux s'éveille en s'écriant : « Hélas !
On me versait... Je crois que j'allais boire :
Une autre fois ne me réveille pas ! »

PARIS. — IMP. Vve P. LAROUSSE ET Cie
19, RUE MONTPARNASSE, 19

Paris. — Imp. Ve P. Larousse et Ce.

www.ingramcontent.com/pod-product-compliance
Ingram Content Group UK Ltd.
Pitfield, Milton Keynes, MK11 3LW, UK
UKHW031905260826
14628UKWH00002B/999

9 782014 089905